18

All about Love

18

All about Love

透明的愛情，透明的你

by Sophia

Set My Heart with
Your Love

01

女人啊，不是那麼簡單就能理解的，連我自己也無法理解，偶爾像電視劇大嬸那樣厚臉皮，偶爾像卡通裡的小女孩一樣天真，但偶爾又像偶像劇女主角一樣脆弱。女人的差別只是組成的比例以及身處的時間點不同而已，每個女人都是堅強的但同時也都是脆弱的。

我不喜歡在假日出門。非常不喜歡。

只要出門一定會發生讓人不愉快的事，屢試不爽，例如又忘了帶鑰匙。為了因應類似的意外我事先把備份鑰匙塞進信箱裡，再把信箱鑰匙寄放在管理室，但是管理室外掛了「巡邏中」的牌子，無力的把額頭抵在冰冷的門板上，用餘光瞄了一眼腕錶，一點十七分，也就是說我必須設法消磨掉一個小時又四十三分。

整棟大樓的住戶都知道，一點到三點是管理員大叔的午覺時間，但沒有人投訴，這裡是專供出租的單身套房，根本沒有人會特別多事。

認命地把剛才到附近超市買的食材放在門邊，乾脆的坐在地板上，一陣涼意從下而上透進身體，我靠著牆想要放鬆但在放鬆之前又有一陣涼意從後而前的透進身體，拉了拉外套雖然知道站起來就好，但我實在不想移動。總會習慣的。

腳步聲中斷了我的思緒，抬起頭我看見站在我左前方的男人，他看了我一眼接著將視線轉回前方，拿出鑰匙轉開鎖，喀——的一聲撞擊進我的意識深處，他是307的房客，見過幾次面但對方一點打招呼的意思也沒有，就算我露出微笑他也裝作沒看見，一直以來都是這樣。

帶有實驗意味地朝他揚起善意的微笑，果然乾脆的被忽視了。

儘管搬到這裡已經一年多卻只跟管理員大叔說過話，這很正常，只是租賃的房子沒有打好關係的必要性。我總覺得這樣的心思很冷酷，剛搬進城市的時候我常常對這份巨大的冷漠感到難過，然而漸漸融入城市之後才發現起初是由於生活已經太過疲累而無暇應付，等到習慣了城市的步調之後連疏離也一併成為習慣，雖然是輕鬆的生活方式卻也是寂寞的生活方式。

然而今天我決定打破現狀。

沒有哪一個點是預備要成為改變的起點，要改變生活必須自己找一個位置作為出發點。

「你是307的住戶嗎？」

「看不出來嗎？」

真是沒有禮貌的男人，我站起身但雙腳異常僵硬帶著些微刺麻，扯開不需要鏡子也知道不好看的微笑，稍稍往男人移動一小步。

接著這一小步導致我整個身體失衡往對方撲去，不是電視劇那種很浪漫的方式，而是連思考都來不及就感覺到額頭狠狠撞上他胸口的那種「永難忘懷的感受」。痛。不是普通的痛。

「我是305的住戶，」摸著額頭我同時被額際和雙腳傳來的痛包覆，「我——」

「我知道。」

我的話還沒說完就被男人打斷，他皺起眉一動也不動的站著，但他的表情中透露著強烈的忍耐，大概很痛，再怎麼說我的頭也應該比他的胸口硬，雖然他的胸口看起來也相當的結實……

「痛……嗎？」

伸出手想替他揉一揉胸口卻立刻被拍開，「妳想做什麼？」

真可惜，就差那麼一點。

他的眉心靠得更攏了些，不知道為什麼突然有種微妙的快感，不行、自己是試圖在城市裡找到溫暖，不是因為他的沒有禮貌沒有紳士風度而想讓他有沾上麻煩甩不掉的黏膩感，絕對不是這樣的。

「擔心你痛嘛。」我抬起眼用著自認最友善的眼神，同時加強了臉上的弧度，「你不問我為什麼一個人坐在自己家門口嗎？」

「我沒有興趣。」

「跟你說喔，我提著真的、真的非常重的東西很辛苦的爬上三樓之後，突然發現自己忘了帶鑰匙，管理員大叔又……巡邏中，唉，我今天才知道自己家門前的走廊那麼冷，牆壁也特別冷，我真的沒辦法想像在地是冷的牆是冷的連空氣也異常冷的這裡我要獨自等到三點，獨自，你知道嗎？這樣不只是試圖顫抖產生熱度能解決的，感情上的冷才是……」

然後男人走進門一點猶豫也沒有就關上了門。

真是沒有禮貌的男人。

很好。我已經確認了這個城市連殘餘的溫度都不剩，那麼我就必須自立自強設法填補我的感情，反正我時間很多一個人待在外面也很無聊。於是我按了門鈴，307的，又按了一次，伸出食指要按第三次的動作之前男人猛然打開門，附帶一個兇狠的瞪視。

「妳到底想做什麼？」

「外面很冷，有禮貌的人都會邀請『鄰居』到自己家裡等。」

門又被用力關上。

沒關係，雖然關門瞬間揚起的風很冷但我的心情突然變得非常好，掛著微笑我又開始按門鈴，一下、兩下、三……門再次被用力拉開，原來我的鄰居的極限這麼低，我愉悅的望著他，他兇狠的瞪著我，短暫的僵持之後似乎激起了他的某些友善，他轉身走進房間但門沒有關上。

看吧，這城市果然是溫暖的。雖然需要多一些生熱的時間。

提著其實沒那麼重的袋子走進他家，一模一樣的格局怎麼他家感覺那麼高級又有氣質？

「鄰居，我一眼就看得出來你人很好。」

他給我一個兇狠的瞪視。沒想到我的鄰居這麼火熱。

坐在沙發上我的心情異常的好，普通男人想跟過了三十的女人鬥是不會有勝算的，尤其是這類看起來冷漠整潔的男人，雖然年紀應該和我相去不遠，但這時候的男人是除了青春期之外死要面子的第二高峰，而我剛好處於角質越來越厚臉皮越來越無堅不摧的「成長期」。

「鄰居，我們來自我介紹吧——」

「三點一到妳就離開。」

又打斷我的話，「我說啊——」

「想待在這裡就不要說話。」他的聲音幾乎是從牙縫間隙擠出來，「任何聲音都不要發出來。」

□

我還是不知道 307 的男人叫什麼名字。

盤點著廠商送來的物品，送貨青年帽簷壓得非常低，淺褐色的頭髮幾乎被壓塌，安靜的將點算完畢的箱子搬進儲物間，我發現青年有著紅潤而水嫩的嘴唇，不自覺伸手摸了自己的唇，靠著大量護唇膏勉強維持在不乾燥的程度，接著我回想上次接吻究竟是什麼時候，上個星期，但不是跟人是跟艾莉絲家的狗。

狗。怎麼突然有種淒涼感籠罩在我的四周……

用力劃掉最後一個品項，青年搬完所有物品後拿出確認單，請在這裡簽名，低著頭用著有些含糊不清的口吻，真是可愛，想當初我也是用這樣生澀帶點羞怯的聲音請教前輩。

我又看了一眼青年水嫩嫩的唇，當然不是想偷襲，雖然是有那麼一點，但我不是這種人。絕對不是。

「辛苦你了。」

「不、不會。」

望著青年轉身下樓的身影，沒辦法，年紀小的男孩只能遠觀不可褻玩，但年紀相近的男人又偏好找年紀小的女人，年紀再大一些的，不是已經被宣示主權就是根本沒有人想宣示主權的男人。

三十歲真是尷尬的年紀，不到能完全坦然卻又少了某些少女的期待。好吧，不是三十，是三十多一點，真的只有一點點而已，雖然每天早上都不想承認這件事，但我的確開始害怕自己慢慢朝三十再多一點、三十多很多點、一直到三十最後一點邁進。

早晨的陽光根本完全不美好。

「送貨小弟合妳的胃口啊？」被稱為陳年老宅的事務大叔悄然無聲的靠近，才想否認他又接著說：「男人喜歡年輕女人，女人喜歡年輕男人，年輕女人喜歡有錢的男人，年輕的男人也喜歡年輕女人，所以女人一旦不年輕就沒人喜歡了。」

狠狠瞪了他一眼，他卻流露出「我們是同伴」的神情，「所以沒錢的男人跟不年輕的女人湊在一起很剛好。」

完全不想理會他，逕自走回座位，對老宅的厭惡不僅僅是生理上無法接受，而是連接受他的意圖都沒有。

三年前剛進這間公司，他就異常殷勤，但得知我的實際年齡後他對我的態度全然改變，在那瞬間之前我都還認為自己不過二十多歲，然而二十九這個數字幾乎要靠上三十，於是我終於有了實感。

我的外表常被誤認成大學生，所以身邊的人就用對待年輕女孩的方式和我相處，我想陳年老宅起先也是這麼以為；然而什麼都沒改變，我還是我，個性沒變、外表沒變、甚至時間差只有一個午休，態度卻因為知道「這個女人已經二十九歲了」而全然改變。

之後的戀愛也是如此，三十歲那年談了一場只維持九個月的戀愛，成熟的戀愛，前男友是這麼期待的，不拖泥帶水也無須多費心思照料另一半；然而他忽然說，這場愛情裡缺少了心動感，沒有依賴也沒有羞怯同時也沒有緊張感。

於是我們分手了。

然而我不懂，到現在也還是不懂，順著他期望走的愛情最後卻因此被他捨棄。

我曾經以為我懂愛情，但終於明白我從來就不懂，愛情不是能被誰輕易弄懂的感情。

「老宅又招惹妳了？」

視線轉向會計大姐我稍稍扯開嘴角，這是間小而停滯的公司，小小的辦公室裡幾乎每個人都是資深員工，擁有三年資歷的我仍舊是最資淺的員工。

「不要太在意，男人吶，就是得不到才會這麼酸。」

「但是三天兩頭被提醒自己已經不年輕，實在……」

「那就談戀愛吧。」大姐笑得非常靦腆那是只有少女才能拿捏的精準角度，「人最重要的不是外表展現的年紀，而是精神上的。我都已經快五十了，孩子也都念完大學，本來以為人生就平穩過完就好，但自從遇見現在的丈夫，我才明白，平穩的生活真的太無聊了一點。」

□

嘆了一口氣頹廢的趴在吧檯上，大姐說的話雖然很溫柔但聽起來卻彷彿利刃深深刺進我的胸口，我不是不想談戀愛，是根本不知道對象在哪。

「妳能不能把骨頭找回來啊，有氣質一點好嗎？妳這樣誰還敢來搭訕。」

艾莉絲從後頸扯住我的領口硬是把我的身子拉直，轉頭看了畫上無懈可擊大濃妝的女人，這女人的肉食性隨著年紀越來越嚴重，想要男人的時候就拖著我來酒吧。

然後找到目標就放任我自生自滅。

但是在找到目標之前我都必須照她的劇本動作。

「我心情很差妳不知道，再說我趴著跟我坐著到底有哪裡不一樣，反正妳只是要有個伴證明妳不是單獨買醉的寂寞女人不是嗎？」

想被搭訕的女人不要一個人走進酒吧，這是艾莉絲的理論，儘管一個人容易被搭話，但也容易被視為好上手的寂寞女人，但是伴太多又會讓男人卻步，所以帶著我來剛好。

「心情差就喝酒。」這什麼不良建議？但我還是接過她喝了一半的瑪格莉特，「妳再撐一下就好，十分鐘，十分鐘我就能讓那個男人落入我的掌心。」

真是可怕的肉食性動物。但只要她獵捕到食物隔天我就會有真正的大餐可以享用。

各取所需。艾莉絲很早以前就放棄了愛情，偶爾會短暫的戀愛，但那不是愛情，她說，因為沒有把握能夠從愛情裡走出來所以乾脆不要踏進去。

我想過了這麼多年她還是沒有真正放下那個男人，現在的艾莉絲彷彿為了對抗自己而刻意站在和過去的欣雅極端對立的位置。從今天開始叫我艾莉絲。如同一個宣示的動作，曾經深深陷在愛情的那個欣雅再也不要沾染愛情。

所以這種時刻我總是由著她。

「親愛的，我先走囉。」

艾莉絲和襯衫男不知道什麼時候搭上線，她在我頰邊親了一下接著毫不戀棧的朝襯衫男走去，雖然她是我的學妹但大多時候她都把我當學妹看待，偶爾會以對她家咪咪的方式哄我，例如剛剛，儘管她相當疼愛狗，但這不是重點。

「請給我一杯一樣的。」

「妳……可以喝酒嗎？」

「也對。」明天還要上班，對酒精的容忍度隨著年紀增長越來越差了，「那可以給我一杯蘋果汁嗎？」

酒保多看了我幾眼，似乎在判斷是不是成年，大概是燈光太過昏暗的緣故，如果是女人大多一眼就看透了，例如我左後方那個性感的網襪捲髮女其實是個女孩，走在街上偶爾會覺得現在的小孩太過成熟了一點，女孩才會為了走進酒吧刻意讓自己顯得更加成熟。

像我這種淡妝隨意紮著馬尾看起來像學生的類型，才是完全不介意被驗身分證的人。

喝著蘋果汁我才注意到這是間稱得上有質感的酒吧，艾莉絲會隨心情挑選不同類型的酒吧，客人大多安靜的談話，獨自坐著的只有吧檯兩端的我和另一個襯衫男。

這裡的男人幾乎都穿著襯衫。

「介意我坐妳旁邊嗎？」

還沒回答男人就已經坐下，只要是空位我就沒有阻止的權利，視線轉回蘋果汁，艾莉絲離開之後我通常會一個人坐著直到喝完飲料，沒有特別的理由，只是習慣，總感覺在外頭的落單並不是真正的寂寞，安靜地坐在只有自己的房間裡才是真正的荒涼。

那裡沒有聲音，只有自己，然而也就只有自己而已。

「已經快十點了，不回家可以嗎？」

轉過頭目光對上男人，昏暗的燈光下他的雙眼異常深邃，「不回家不行嗎？」

「就算是寒假，但正因為是寒假所以更加危險。」

十點。寒假。回家。我看著大概和我差不多大的男人淡淡的笑了，酒精在身體微微發酵，男人都愛年輕女人，陳年老宅的聲音刺耳的響著。

「大叔是警察還是老師？」

「妳喝醉了嗎？」

「我喝蘋果汁怎麼會醉？大叔要確認看看嗎？」

「妳之前喝了朋友的酒。」

「大叔觀察得真仔細，偷看我很久了嗎？」

斂下眼突然覺得無聊了。年輕女孩需要被擔心，但為什麼三十歲的女人不需要呢？

人堅強的程度並不是依靠年紀來劃分，三十歲的人一定比二十九歲成熟、一定比較堅強，到底憑什麼這樣認為呢？

女人啊，不是那麼簡單就能理解的，連我自己也無法理解，偶爾像電視劇大嬸那樣厚臉皮，偶爾像卡通裡的小女孩一樣天真，但偶爾又像偶像劇女主角一樣脆弱。女人的差別只是組成的比例以及身處的時間點不同而已，每個女人都是堅強的但同時也都是脆弱的，我啊，好像不小心掉進脆弱的狀態裡了。

所以要趕快離開。

「大叔不喜歡我在這裡，那我就走吧。」

02

小時候總想把影子甩在身後所以追著光來的方向，偶爾耗上一整天轉著身子，望著影子卻逃著影子，日復一日，某個瞬間突然發現其實自己不斷繞著圈緩慢的打轉，我們甩不掉影子也追不上影子，明明是貼附在一起的東西；然而人生就是如此殘忍，總讓想要的離自己最近，卻最不可及。

然後我蹲在酒吧門口大哭。

我也不知道自己為什麼會哭，又為什麼要哭，身體各處被複雜而強大的情緒塞滿，像是為了不留空隙而用力擠壓，經過的路人很多但沒有人停下腳步，在酒吧外痛哭的女人一定很棘手，所以快步遠離連目光都不要給，這就是城市，這就是我當初堅持要來的城市。

「妳沒事吧？」

男人的聲音從上方落下，抬起眼他的樣子顯得模糊，我沒有抹去頰邊的淚水，他在我面前蹲下我的視線跟著移動，他沒有說話只是遞出了面紙，望了面紙好一陣子我終究沒有接過，站起身沒有理會他的打算逕自往前走。

有一種寂寞需要人陪，非得要人陪不可，但有另一種寂寞不需要任何人，誰都不能夠。

他踏實的腳步聲不輕不重的跟在後頭，雖然是陌生人，也沒辦法確定他不是壞人，但是混亂的感情卻覺得這樣的距離沒有關係，有一個陌生但擔心自己的人，隔著一段不夠近卻也不遙遠的距離，有一點溫暖卻又不會暖得讓人誤解了這個城市。

突然我停下腳步轉身面對他。

「為什麼要跟著我？」

「只是順路。」

「說這麼明顯的謊是看不起我嗎？」

「我只是覺得現在的妳不需要我的實話。」

因為擔心妳所以跟著妳。即使明白這件事，但因為男人沒有說出口所以能夠假裝自己並不脆弱，假使他真的這麼回答了，或許我會感到無處可躲。一個陌生男人的溫柔從我心底那道崩裂的縫隙竄進，我凝望著他，男人卻避開了我的眼神。

風輕輕吹來卻帶著寒意，頰邊的淚已經乾了，有拉扯的緊繃感，男人依舊安靜無聲地走在後頭，夜還不夠深，街仍舊是喧鬧的，走到大樓前我猶豫了幾秒鐘最後還是拾級而上，一階又一階，這些年反覆踏著的階梯起點那麼近終點也那麼近卻永遠到不了盡頭。

我的腳步聲，男人的腳步聲，響著。

終於我走到了門前。

307。

伸出手我按了門鈴，這位鄰居的臨界值異常的低，沒隔多久門就被拉開，毫無意外一看見我的臉他就想把門關上，擠進一半身體接著趁他還處於不可置信的狀態中再擠進另一半的身體。

然後門順勢被關上。

「妳到底想做什麼？」鄰居幾乎是咬牙切齒的說著。

「有一個陌生大叔跟在我背後，你看見了吧，雖然是人模人樣但聽說連續殺人犯的長相都很端正。」

「那妳應該走去警察局而不是回家。」

「我沒想到。」我扯開笑容，「你真聰明。」

「回、去。」

「萬一陌生大叔還在門外怎麼辦？」

「我會報警。」

「你人真好，但是讓我待一下他應該就會離開了。」

「我說，我會告訴警察有人闖進我家。」

「你真是……不能讓陌生的大叔知道我住哪裡啊。」

「妳就住隔壁而已，妳跑來我家有什麼用？出去，不要把酒味沾到我的東西上。」

「你怎麼可以這麼無情，我是鄰居、鄰居知不知道，人要敦親睦鄰。」

我不是想來煩你，也知道你不喜歡，但請原諒我的任性和自私，今天，就只有今天而已，我不想一個人待在只有自己的房間裡。

平常的我並不是這樣，但在這個還算陌生的鄰居面前任何顧忌都消失無蹤，也許是他不隱藏的厭惡讓我感到輕鬆，不是喜歡被厭惡，而是有一個人毫不掩飾自己的情感，所以自己也不需要過度忍耐。

沒有人喜歡忍耐，然而生活讓我們學會了忍耐，習慣了忍耐，最後內化了忍耐，於是我們漸漸忘記起初的自己，吞嚥著、努力吞嚥著，把真正的自己也一點一點吞嚥而下。

「妳的鄰居不只我一個。」

「我又不認識其他人。」

「我也不認識妳。」

「不是見過好幾次面還打過招呼了嗎？」無視於他充滿殺人意念的眼神我乾脆的朝沙發坐下，酒氣是在酒吧裡沾上的，我也不喜歡，「上次不是還在你家相親相愛了嗎？」

「妳到底想怎麼樣？」

「三十分鐘。」我說，「三十分鐘就好。我不會說話，甚至連移動也不會，安靜的，讓我在這裡三十分鐘就好。」

然後，我就能重新開始了。

□

鄰居相當精準的在第二十九分鐘逼我離開沙發，用無比兇狠的眼神瞪著我，拿起外套我扯開微笑但他的表情沒有一絲動搖。

「你偶爾也可以來我家坐坐啊。」

「三十分鐘到了。」

「就說了鄰居要敦——」

「出、去。」

「知道了啦。」

他毫不客氣的把我推出門外，砰的一聲門板在我背後猛然甩上，嘆了一口氣，我的鄰居果然很火熱。

深吸一口氣抬起頭的瞬間我看見大叔站在我面前。

錯覺。八成是錯覺。不是，應該是幻覺，但眼前的畫面太過真實了一些，於是我抬起手往大叔的胸口一摸。

溫熱。結實。是、真、的。

然後我又稍微用力的「確認了一次」。

我的手沒有收回來。目光定格在大叔的臉上，酒吧的昏暗和街的不明亮讓他的輪廓顯得模糊，然而在日光燈之下沒有任何修飾沒有朦朧不清，他看起來比我想像的還要年輕許多。

視線稍微往下移，緊緻的皮膚水嫩的唇還有完美的頸部線條，他輕輕咳了一聲打斷我的審視，我的雙眼對上他的，依照合理推斷，大叔說不定比我小。

「你為什麼在這裡？」

「妳的包包。」大叔退了一步讓胸口離開我的手，接著將和他極度不協調的桃紅色機車包掛在我還停在半空中的手上，「回到酒吧酒保交給我的，確認一下妳的皮夾和東西。」

「謝、謝謝。」

「下次不要再去了。」

「我已經成年了。」而且都快要第二次成年了。

「不是年紀的問題。」

不是年紀的問題。不是，年紀，的問題。年紀。甩了甩頭「年紀」像是搜索的關鍵字，只要一提到就會讓人格外敏感。

「不然是什麼問題？」

「妳不適合。」

適合。默默咀嚼著這兩個字，是我不適合那裡還是那裡不適合我，但我沒有追問。

「總之謝謝你特地跑一趟，再見。」

「妳──」

大叔的話才剛起頭就被打斷，307 的門以相當不情願的方式劃出弧線，唇緊緊抿著的鄰居視線對上大叔，短暫的凝滯，這場景彷彿偶像劇的定格畫面，尤其是在廣告前或是一集的尾聲，用特殊處理放大緊張感。

三角關係的必備分鏡。想到這裡我差點笑了出來，身臨其境又事不關己就覺得有些荒謬，帥氣冷漠的鄰居和知性溫柔的陌生大叔，火熱的對峙，當然火熱是我自己加的詞。

「手機。」

鄰居把手機扔到我身上，再度如開門一般猛然甩上門。砰。我已經差不多習慣他的火熱但大叔似乎稍稍皺起了眉。但不關他的事，所以他沒有說話。

「我先走了。」

「大叔。」他停下在移動端點的意念，「305。」

他納悶的看著我。

「我住305。」

□

為什麼要特地告訴大叔我住305？

不知道。就算話是從我口中扔出我還是不明白。總覺得那當下的氣氛促使話語溢出身體，像是痛的時候會不自覺喊出聲，那瞬間也是。

我突然想起發春的貓叫。

一定是酒精的緣故，雖然我只喝了半杯瑪格莉特。

「妳在發什麼呆？」

「沒有。」艾莉絲狐疑的盯著我，於是我又強調了一遍，「什麼都沒有。」

「這星期六請妳吃飯吧。」

艾莉絲說出某間高級西餐廳的名字，大概昨天的男人讓她感到非常滿意，艾莉絲是很乾脆的人，至少對我是這樣，通常能藉由狩獵後請我吃飯的餐廳等級來判別獵物的優劣，大多時候是簡單但質感不錯的小店，偶爾會有意想不到的高級料理，當然也會有速食優惠晚餐，最糟糕的一次是三顆水煎包附送一杯360c.c. 的甜膩紅茶。

「真是不好意思……」

「既然覺得不好意思那就算了。」

「客套話而已聽不出來嗎？」

愉悅的玩著咪咪，下班後我通常會順道繞到艾莉絲家，偶爾一起吃飯偶爾只是來玩玩狗，起初是因為擔心，那個男人離開的那段時間她幾乎失去了自己，艾莉絲是相當堅強的人，在那之前我是這麼以為；然而我終於發現，她只是逼迫著自己堅強，不願意示弱所以只能堅強，所以每個人都相信她不會有問題，卻不知道這樣的相信才是最大的壓迫。

艾莉絲沒有對我說謝謝，一次也沒有，那等於要她承認自己的軟弱，對我而言這其實是很傻的舉動，然而每個人都有自己的生活方式，我和她恰巧找到了平衡點。

過了很長一段時間，久得幾乎讓她自己都以為傷口早已結痂復原，但也久得讓這一切成為習慣，所以我還是幾乎每天都來，因為我一定會弄丟鑰匙所以艾莉絲特意設了密碼鎖，這不是善意，而是絕對的接納。

艾莉絲總是以她自己的方式來表達說不出口的感情。

「昨天我遇到一個奇妙的大叔。」

「大叔？」

「雖然年紀應該比我小，但是他大概把我當成大學生，還要我以後不要去酒吧。」

「他不知道越是年輕女生玩得越兇嗎？」艾莉絲在我身邊坐下，「乾脆妳就假裝女大生吧。」

「為什麼？」

「整人企劃之類的吧，給對方的生日驚喜是女朋友比自己預想的年紀多上十歲，這時候就能測試對方是不是真愛了。」

「這根本是整自己。」

「所以說，人啊，就是想要愛情卻又不相信愛情。」艾莉絲喝了一口冰水，「但是我們絕對得不到自己不相信的東西。」

□

靠在沙發上一個人的房間總感覺有些冷，拉緊外套把整個身體裹進毯子裡，看著旅遊節目主持人用誇張的表情和口氣敘述風景，真正震懾人的美麗無法被確切形容，被節目煽動親自到了之後更加容易感到失望。

並不是風景不佳，事實上確實是相當漂亮的景色，然而早已在體內膨脹的期望壓縮了這些畫面，視野被情感扭曲，因而無法感受眼前風光也體會不到自己的感動。

我們總是有過多的期望。

伸手拿了桌上的保溫杯，暖暖的開水順著咽喉流進體內，我突然想起大叔皺起的眉心，和鄰居皺起的眉不同，那是一種低張的擔心。

究竟什麼樣的人會擔心一個全然無關的陌生人呢？

突然有股衝動湧上胸口，冷，但我仍舊起身披上大衣，關了燈鎖了門之後在廊上微微發愣，咬著唇我聽見腳步聲從樓梯口傳來，映入視野的是陌生但有些熟悉的臉孔，女人輕輕扯開禮貌性的微笑，沒有減緩速度也沒有聲音便往深處走去。

開門。又關上門。

這個城市喧鬧卻又總是播放著默片，群眾的交談聲在耳邊響著，卻不是自己想聽見的聲音，畫面裡的人物儘管開闔著嘴卻怎麼也聽不見語言，於是只能猜測，從故事的脈絡，從人物的神情，但大多時候卻是從自己的期望裡。

深吸一口氣我拉直身子往女人來的方向走去，踏著，小時候總想把影子甩在身後所以追著光來的方向，偶爾耗上一整天轉著身子，望著影子卻逃著影子，日復一日，某個瞬間突然發現其實自己不斷繞著圈緩慢的打轉，我們甩不掉影子也追不上影子，明明是貼附在一起的東西；然而人生就是如此殘忍，總讓想要的離自己最近，卻最不可及。

冷空氣撲打在我的臉上，城市的夜比白晝更加燦爛而明亮，這是人們營造的光景，因為害怕黑暗，因為要創造一個原本不存在的可能，因為，有太多因為，但那些因為之中找不到自己想要的答案。**我們要的並不是答案。**

我的思緒莫名紊亂，也許是週期的緣故，不是生理週期，而是感情的週期，人的體內存在著一個波動但相對穩定的週期，在某些時刻，不需要前提也不需要理由就會感到快樂，但另一些時刻卻容易讓人陷入窒礙難行的凝膠之中。

我突然停下腳步。

接著又繼續移動，走進昨天那間酒吧。

03

不明白自己體內醞釀的微小期望，或許不是來自於大叔的本身，而是這個城市裡終於存在一個能讓自己找到些許溫暖的地方。不是親暱的擁抱，不是熱絡的談話，僅僅是淡如薄霧的在乎。

一模一樣的位置，酒吧裡依舊散發著寧靜的氣味，Bellini，酒保有些猶豫的看著我。

需要身分證嗎？他沒有回答卻低下頭開始調製，托著下巴我看著吧檯另一邊的情侶，輕輕嘆了一口氣，想要人陪卻又不想讓熟人看見現在的自己。

人真是矛盾又複雜。

「不是要妳不要再來了嗎？」

男人從我左後方走近，他沒有坐下。望了他一眼卻沒有停留的將視線轉回酒保的動作，俐落的，輕快的，帶有些微情感性的，完成之後卻沒有將酒杯遞到我面前。

動作完成卻又沒有被完成。

「原來大叔是天天來酒吧的類型。」

他沒有回應，沉默地在我左邊的空位坐下，給她一杯果汁，用著不容分說的口吻。輕輕呼了口氣，這樣幾乎蠻橫的態度大多時候會讓人感到厭惡，然而這瞬間滑過我體內的卻是難以言喻的溫暖。

「有人說過大叔很多管閒事嗎？」

「我通常不會干涉其他人。」

「所以是特地找我麻煩？」我輕輕笑了，不是挑釁的口吻反倒像是種閒聊，「我已經成年又不是沒帶錢，既不犯法也不會帶給店家困擾，大叔究竟以什麼立場要我離開呢？難道這間酒吧大叔能來而我不能來？」

他略帶嘲諷的意味笑了出來。不是對我而是對他自己。

「我的確沒有任何立場能這麼做，是我多管閒事了。」

「Bellini。」我說，大叔側過頭視線暫留在我身上，「既然大叔不讓我喝，那你就喝掉吧，那可是含有酒保先生的感情，我不想因為我而辜負了。」

大叔稍稍示意，彷彿一種默契酒保立刻明白眼神中傳遞的訊息，於是大叔的面前多了精緻的酒杯。我想他是常客。想到這點心底晃漾著隱微的踏實。

也許走進這裡就會遇見他。

瞄了他一眼立刻收回目光，啜飲了一口冰涼的水蜜桃汁，不明白自己體內醞釀的微小的期望，或許不是來自於大叔的本身，而是這個城市裡終於存在一個能讓自己找到些許溫暖的地方。不是親暱的擁抱，不是熱絡的談話，僅僅是淡如薄霧的在乎。

背負著過多重量的我們儘管多一微克都有超出負荷的可能，然而這樣的我們卻又急切的需要著，於是擺盪在兩個極端，或者雙腳各踏在兩個極端之上，抗拒著更多的重量，卻又渴望著帶有重量性的感情，最後無論哪一個端點都無法被滿足，於是越來越空虛。

「大叔為什麼會一個人來這裡？」

他輕輕扯動嘴角，指尖敲打著桌面，背景音樂突然從爵士樂換成鋼琴曲，也許是時間的緣故，也許只是酒保的心情改變。我發現周圍情侶的比率幾乎是一開始的兩倍。

「那妳為什麼一個人來這裡？」

「問題有所謂的先後順序。」轉過頭讓自己的視線落在他的側臉，昏暗的燈光之中他顯得朦朧，「先回答也沒關係。」

我說。

「因為不想一個人待在家。」他轉過頭雙眼對上我的，「不是寂寞或是試圖打發時間那麼籠統或是簡單的緣故，而是只有自己的時候，無論多麼細微的反應都會被放大，不是從外面的世界，是從自己身體內部，大多時候能夠妥善消化，又或許不是，應該是能夠消化到自己認為沒問題的程度；但是那些來不及被消化甚至不能被消化的什麼會逐漸累積，等到某一個瞬間，會聽見類似軟木塞從紅酒瓶被推出的聲響，被打開的是吞噬自己的無限可能，當然不是會失去自己的程度，但是湧生的是各式各樣的可能，面對那些可能才是最令人恐懼的部分，所以這時候就不得不採取某些積極但消極的動作，例如避開獨處的時間，等著身體慢慢進行消化的動作，必須等到體內回到安全狀態。」

大量的話語從身體內部被吐出，並不是我平時說話的方式，用著有些超出日常的語感試圖以冷靜的口吻不要顯露過多的情緒，我從來沒有對誰說過這些話，並不期望他能理解甚至感同身受，只是突然想說出口而已。突然。
「是嘛。」他安靜的說著，「那麼在妳完全消化之前，就待在這裡吧。」
我的臉頰有些發燙，大叔說完那句話之後就再也沒開口，沉默的坐在我身邊安靜的喝著酒。望著他的側臉好一段時間，離開之後無論以什麼角度回想都覺得那句話太技術性的犯規了。
他沒有試圖表達理解，也沒有任何探問，只是簡單的接受。
甩了甩頭，我又不是青春期的小少女沒那麼輕易被騙。
緩慢踢著步伐，水蜜桃的甜味彷彿還逗留在口腔，城市裡複雜的氣味錯合在四周，繞在我鼻尖的卻是離去前擦過大叔外衣時嗅聞到的淡香，清爽而不造作。
酒保先生再見。這麼說完就離開了，沒有對大叔說任何話，短暫的視線交錯，他拉回了視線忽然散發出城市裡慣有的氣味，不僅僅是陌生而是疏離，和鼻尖殘留的清爽淡香形成強烈對比。
然而那樣的動作卻顯得刻意。

我不希望自己成為妳再度前來的理由。也許只是我的猜想，但這樣的聲音確實在我的意識之中響著。

肚子餓了。

大樓已經在視野之中，熱絡的街離得不遠，但我沒有回頭的打算，反覆在過於喧鬧與過於沉靜的兩條街來回行走對我而言是種負擔，特別是之間幾乎不存在著過渡，有一條隱形的線，跨越之後進入胸腔的空氣便截然不同，隱微卻強烈的。

艾莉絲也說過，她寧可繞進另一條類似於中間值的街再踏進這裡，至少不會拉扯出自己體內深處的某些什麼。

所以我走進附近的便利商店。

幾乎每樣食物都吃膩了，在城市裡獨居的人過度依賴明亮而從不熄滅的便利商店，不需要顧慮也沒人在乎走進的只有自己，即使坐在桌旁也不會有一個人坐進餐桌的在意。

一個人走進餐廳從來就不是問題，也不會有其他人投注於過多的注意，純粹來自於自身內部的對比性，目光流轉於熱絡的人群與人群之間，最後卻落在空無一物的對面，於是開始感到困窘，彷彿自己缺少了什麼，儘管那只是一種假想。

這世界上充斥著合理讓人感到卻步的動作。

從前的我也視為無稽，毫不在意地一個人走進餐廳，然而漸漸的，我也說不清從哪一個瞬間開始，踏進店家的腳步摻入猶疑，他以及她偶爾滑過的目光都帶有灼燙，無論多麼明白那只是視線正常的流轉，明白卻終究只是明白。

當自己的心開始動搖就會感覺整個世界都在晃動。

隨手拿了吐司，順便當明天的早餐好了，走到冷藏區在鮮奶與咖啡兩者之間抉擇之際，一隻修長的手拿走了我凝望的咖啡，順著對方的手我抬起頭，站在我身邊的307的鄰居。

「鄰居？」

他像是這瞬間才發現我，眼神流露出濃烈的麻煩感，他沒有搭話也清楚散發著「我不想理妳」的味道，然而不知道為什麼，每當看見對我避之唯恐不及的他，我就湧生強烈想讓他感到麻煩的念頭。

他乾脆的轉身離開，我也乾脆的拉住他的毛衣，回過頭他兇狠的瞪視著我，客觀而言非常可怕但我卻沒有任何恐懼的感受，也許是被帥氣的男人用火熱的眼神凝望很難產生懼怕，但我想應該是潛藏在我體內的大嬸性格有絕佳的抵禦能力。

只要遇上他就會啟動我的大嬸性格。真是微妙。明明是帥氣男人的說。

「妳又想做什麼？」

「同品項第二瓶六折，算起來打了八折，我們一起買吧。」

「我不要。」

「在都市生活不容易，雖然是小錢還是得精打細算，而且鄰居一起買東西感覺起來很溫馨呢。」

「我、不、要。」

「嗯哼。」我眯起眼，露出微妙的笑容，「店員在看我們了，你覺得和我一起買可以打折，還是我做出什麼逼你就範的事，不僅會丟臉最後還是得和我一起買，你覺得哪個好呢？」

年輕男人從來就敵不過大嬸。

抱著吐司和咖啡愉快的走在鄰居身邊，雖然他試圖加快腳步甩開我，但在我很溫柔的說出「單身女人走在深夜的街道上一定會害怕的、非常害怕的緊緊抓住身邊認識的人」之後，他就放緩腳步順便兇狠的瞪我好幾眼。

我們家鄰居實在是太過火熱了。

「鄰居，我們還沒自我介紹的說。」

「我不想認識妳。」

「就說了要敦親睦鄰，我是梁苡薰，薰衣草的薰，不過我最喜歡的是茶香月季。」

他沒有理我。

於是我伸出手輕輕搭上他，作勢要抱住他的手臂，他像要抖掉髒東西一般甩開我，冷冷的丟下三個字。

「潘丞尉。」

「那以後就叫你小尉囉。」他的眼神兇狠度似乎略略提升，看來不是很喜歡這個稱呼，所以我喜歡，「你可以叫我小薰。小、薰，來唸一次吧。」

他再度不理我。

「你這樣不理我，我很傷心呢，姊姊我只要一傷心就會……」

留白。自由想像。無限可能。我很不知羞恥的裝可憐嘟起嘴看著他。果然他又瞪我了。

這樣眼壓一定會過高。

「姊姊？妳根本只是小鬼。」

儘管是鄙夷到極點的語氣卻讓我默默感到開心，落後他一個階梯，在他身後我愉悅的說：「雖然很哀傷，但姊姊我已經跨過三十有一段時間了吶。」

突然間他停下腳步又轉過身子，來不及止住整個身體撲上他，久違的男人懷抱，雖然不想移動但他相當果斷地把我推開，拉開距離之後我正想抱怨卻被他的聲音打斷。

「妳說什麼？」

他用著相當質疑並且帶著強烈不可置信以及不願意接受的口吻，這瞬間我也不知道是該開心還是該生氣，輕輕哼了一聲邁開步伐踏上最後一階，雖然很遺憾的這僅僅一階的高度無法讓我居高臨下睥睨他，至少兩雙眼睛能彼此直視。

「你以為我願意嗎？」突然想到些什麼我緩慢揚起嘴角，「所以，以後要叫小薰姊姊喔。」

□

一進辦公室我就看見自己的桌上多了一個陌生的資料夾，不是公司慣用的類型，資料夾本身散發著極為懾人的質感，愣愣的望著它，它和我的辦公桌不搭，和整間公司的任何東西都不搭，當然也包括我。

封面的燙金字體寫著某某婚友社的名稱，抬起頭環顧辦公室一圈才發現除了排休的陳年老宅之外所有人都到了，即使是時常遲到的大哥似乎也已經到了一段時間，並且當我的視線即將觸及哪個人，那人便旋即移開視線。

預謀。這是整間辦公室的預謀。

「有誰可以告訴我這是怎麼回事嗎？」

業務大哥低下頭。公司裡和我年紀最相近的靜蘭也開始裝忙。連總是慢半拍的行政大姐也迅速拿起散落的紙張進行裝訂。最後我的視線定格在隔壁的會計大姐身上。

我一動也不動的用無比炙熱的眼神緊緊盯著她。

「大家是想提供妳多一點機會啊……」大家。會計大姐毫不猶豫的就拖所有人下水。「試試看也無妨，而且這件事老宅絕對不知道，我們口風都很緊的，妳就去試試嘛。」

「我不要。」

「小薰啊……」

「我已經有對象了。」

原本低下頭的所有人瞬間抬起頭灼熱的望著我，嚥了口口水，突然驚覺自己撒了最愚蠢的謊，對象，我已經不太了解這個詞彙的意義了。

「真的嗎？」

「當、當然是真的。」撇過頭我的手不自覺在桌上東摸西摸，「說謊對我一點好處也沒有。」

但有很多時候就算沒有好處也會不小心將謊言脫口而出。

特別是和面子有關的時候。

「那下星期小蘭的女兒滿月，就帶他一起去啊。」

「我、我們還沒進展到那種程度……」

「一起參加聚會會讓你們進展更快，看到可愛的小嬰兒說不定就突然想結婚了。」會計大姐很愉快的勾勒根本不存在的藍圖，「就這麼決定啦，見過對方之後大家也才會放心啊。」

會計大姐笑得好溫柔。溫柔到讓我的心臟都痛了起來。

無力的靠在椅背上，望著籠罩著精美包裝的資料夾，我絕對不會翻開，沒辦法扔掉只能硬塞進抽屜裡。

安靜的嘆了口氣，因為年紀相差甚多，辦公室裡的大哥大姐幾乎都把我和靜蘭當作女兒看待，靜蘭談戀愛的時候也是辦公室的焦點，現在她婚也結了孩子也生了，就只剩下我了。

雖然我覺得是因為大哥大姐生活太安逸需要一點調劑的緣故，但無論如何我已經成為標靶。

沒有對象就會被逼著參加婚友社。就這麼簡單。

但這才是最棘手的部分。

04

輕輕的呼氣，這裡沒有寂寞，因為沒有自己。

踏出的瞬間彷彿衝進截然不同的世界，不同的燈光不同的氣氛和不同的空氣，抬起頭我停下腳步，站在門口發愣，直到男人走到我的面前。

這種時候就會不自覺去按 307 的門鈴。

我的生活中離「對象」這兩個字最近的人居然是我的小尉鄰居，而且只是因為湊巧他是個男人，怎麼想都有些哀傷。

毫無意外在第二聲鈴響之後不到五秒鐘門就被拉開，總感覺小尉鄰居已經能夠從按鈴的方式判別出門外站的人是我，因為他在真正看見我之前就已經準備好兇狠的眼神了。

果然是火熱的男人。

妳又想做什麼？小尉鄰居連話都省了，直接透過眼神進行無聲的交流。

「親愛的小尉鄰居你要讓小薰姊姊站在門外嗎？」我再度很不知羞恥的趁他不備從縫隙鑽進他家，「小尉鄰居家無時無刻都這麼明亮整潔呢。」

砰——門好可憐。

在柔軟的沙發坐下，望著坐在桌前敲打著筆電鍵盤的小尉鄰居，似乎是打定主意忽視我。晃著腳構思著適當的字句，雖然百分之兩百會被拒絕，但偶爾也是會出現奇蹟。

「親愛的小尉鄰居……」站起身正要往他的位置移動，連右腳都還沒跨出他就扔來濃烈的眼神，不准過來，非常強烈的意念，於是我只好站在原地，「小薰姊姊有個小小、非常小的請求……」

「我不要。」

「我都還沒說……」

「不管是什麼都不要。」

「小——」ㄨ的音還含在口中他就果決的截斷我所有期望。

「梁苡薰，妳看到桌上這疊資料了嗎？這是我這星期一定得完成的工作，所以我絕對不可能攪和進妳亂七八糟的請求裡。」

「只要擠出一小點時間……」

他再度忽視我。他的注意力立刻轉到電腦螢幕上，仔細觀察他好一陣子終於我決定放棄，此時此刻他所散發的氣場異常強烈，而且我感到莫名的熟悉，對了、就是進入旺季時辦公室裡瀰漫的氣氛。

我並不想挑戰他的臨界點。

「那、那我先回去了，小尉鄰居加油！有什麼需要隨時可以過來305。」

他似乎打定主意不再理我，我只好默默離開走回自己的房間，關上門的瞬間我還瞄了他一眼，盡可能小力的闔上；回到房間我無力的趴在床上，能找到的「對象」沒了，我感覺自己的右腳幾乎踏進婚友社的勢力範圍。

我努力在腦中搜尋可能的人選：甲男，他前陣子才剛訂婚。乙同學，過去曾經曖昧過的對象如果不想發展無論如何都不要做出更曖昧的動作。丙先生，其實我不怎麼受得了他。然後就沒有丁了。

突然有個人影在我腦中閃過。

皺起眉我強力抵抗卻適得其反，所謂的人，只要瞥見了一抹可能，無論多麼微小而有限仍舊想抓取，或許正是因為微小而更加難以抗拒，想奮力一搏，儘管我所面臨的並非多麼艱難的困境，然而心思卻極為相似。

我輕輕嘆了口氣，想要圓一個謊是困難的，然而很多時候坦率更加艱難，縱使明白前方是灘泥沼卻還是咬著牙踩進。

這就是死要面子。

這是我這星期第三次走進這間酒吧。

踏進的瞬間我幾乎要打消念頭，無論如何拜託只見過兩次面認識不到一星期，不、是根本稱不上認識的男人，怎麼想都不恰當。

我體內的感情正在兩個極端猛烈拉扯，一邊掙扎一邊進行緩慢的移動，然而終點非常近，掙扎都還沒結束就已經抵達吧檯。

酒保先生微微點了頭，我扯開有些勉強的微笑，坐上熟悉的位置，柳橙汁，我想我可以開始測試這間酒吧裡有多少種類的果汁。這不是重點。我的視線流轉於酒吧的各個角落，在男人和男人的身上多停留了幾秒，試圖辨別當中可能出現的熟悉臉孔。

但是沒有。

柳橙汁在昏暗的燈光下依然是濃厚的橘黃色，但感覺有些失真，用吸管攪動著冰塊我突然想起來我一點也不喜歡柑橘類的水果。大叔沒有出現。嘆了一口氣這樣也好，連一點可能性也不要給，反正原本就是種強求。

抬起眼目光滑過酒保的側臉，望著他調製飲料的華麗動作，說起來我見過大叔幾次就見過酒保幾次，說不定……

甩了甩頭真是越來越荒謬了。

明天還是乖乖坦白迎接被押進婚友社的一天吧。

啜飲著味道過於強烈的柳橙汁，托著下巴我想起艾利絲，我沒有向她提起婚友社的事，她不會提供可用男人名單，大概會乾脆的打電話到公司戳破我的謊言。婚友社沒有什麼不好，相遇根本不在乎形式和地點，重要的是心態。

「既然妳對戀愛抱有期待，也沒有放棄結婚，那麼維持這種現狀的自己應該要徹底檢討，雖然我沒有資格說些什麼，但至少對於愛情我有充分的認知，不想要愛情但需要男人和偶爾的消費性戀愛，所以我採取現在的行動方式；但是妳，想要愛情可能也需要愛情卻像守株待兔一樣等在樹下，什麼命運什麼註定的，就像樂透一樣，買的時候以為會是自己，但開獎的時候卻連一個號碼也沒對上，然後就告訴自己沒關係，下一期就是自己了，不斷反覆下去，但妳以為愛情有多少下一期可以等？」

嘆了口氣我看著正在擦拭桌子的酒保，雖然很有魅力也近在眼前卻沒有觸動細如蠶絲的愛情神經，愛情不是販賣機裡可以隨意挑選的飲料。

「酒保先生，」他停下動作抬起頭迎上我的叫喚，「大叔今天沒來嗎？」

「他有時候天天都來，但有時候隔了一段很長的時間才出現，我不知道他會不會來，但到現在為止還沒見到他。」

柳橙汁裡的冰塊融了一半，和了水的果汁在口腔中擴散顯得虛假，一口氣喝完整杯乾脆的站起身。我沒有等待的意思。很多人並不是等待就會出現。一杯飲料的時間是最後的可能性。剩下的冰塊是殘存的意念。

我該走了。

「酒保先生再見。」他輕輕點了頭。

安靜的離開，城市裡一個人的來去從來不被在意，然而那並不是寂寞的起點，人的寂寞是從自己的內部作為開始，接著透過自己的呼吸混入空氣，我們再度將那些空氣吸進胸腔，於是我們感到寂寞，並且以為那是一種起始。

輕輕的呼氣，這裡沒有寂寞，因為沒有自己。

踏出的瞬間彷彿衝進截然不同的世界，不同的燈光不同的氣氛和不同的空氣，抬起頭我停下腳步，站在門口發愣，直到男人走到我的面前。

「是越讓妳不要來，妳越頻繁的出現嗎？」

「大叔……」

我以為可能性融蝕在冰塊之中，卻沒有意料到另一個世界裡還存在著可能。

「要回去了嗎？」

「大叔可以陪我散步嗎？」我說，「我沒有喝酒，你可以問酒保先生，也不會要你去奇怪的地方，在這條街來回走一趟就好，然後我就會回家。」

因為背光的緣故我看不清他的神情，只能安靜的等著他的沉默與他的回應。

「走吧。」

走吧。他說。轉過身子面向眼前燦爛的街等著我向前，凝望著他的背影有一瞬的怔忪，彷彿夜裡一根微弱的火柴，被絢麗的燈火覆蓋但溫度已確實留在指尖。

我們緩慢走著，沒有交談，我想起一開始的目的卻猶豫著，這樣溫暖剛好的距離也許會被輕易的破壞。小女孩的火柴盒裡只有三根火柴，我不知道我能劃出幾道弧線。

大叔高我將近一顆頭，抬起頭所看見的側臉和在酒吧裡平行的視線不同，直視著前方的目光藏在長長的睫毛下，低下頭我盯著交互移動的鞋，深呼吸，深深的呼吸。儘管這個城市並不適合深呼吸。

「大叔……」我的聲音裡帶著些許遲疑，停下腳步站在街的中央，隔了一步的距離他也停下步伐，轉過身，兩個人就在街的中央安靜的對望，「我……」

還是算了。

「怎麼了嗎？」

「沒事。」我搖了搖頭，「沒什麼，走到前面那個路口就折返吧。」

「有想說的話就在那當下說吧，就算是難以說出口的話，但過了那個時刻就更加說不出口了，就算凝聚了勇氣也錯失了最適合的瞬間。」

「明知道說出來的話會讓對方感到困擾也還是要說嗎？」

「如果妳說出來的話讓我感到困擾，那也是我鼓勵妳說出口。是我自找的。」

「大叔真的很愛管閒事。」

「我說過，我通常不會干涉其他人。」

「那為什麼要這樣對我？因為感覺像少不經事的小女孩所以產生保護欲？」

咬著唇其實我不想這麼說，真的，大叔是個好人但我的言語卻彷佛抹上毒藥的刀刃，直直往他刺去，「那不過只是你的自我滿足而已，我根本不是你想像中的小女孩，我不僅已經成年，還是已經過了三十歲生日的女人，這樣你還會在乎一個人喝著酒的我嗎？」

「我知道。」

「你到底知道什麼？」

「我知道妳不是小女孩。」他輕輕扯開自嘲的弧度，「為了確認包包的主人我檢查過皮夾，那時候從身分證上就看見了。」

「那為什麼……」

「我說過妳不適合一個人喝酒。就只是那樣而已。」
「為什麼不說？」
「因為你一直大叔、大叔的喊我，聽了幾次莫名的就習慣了，反正年紀也不是多重要的事，所以覺得保持原狀也無所謂。」
「有人說過你是個奇怪的男人嗎？」
「嗯、妳是第一個。」
「我還不知道你的名字。」
「宋秉澤。」他說，「妳繼續喊我大叔也沒關係。」
「你真的很奇怪。」
「妳呢？」
「什麼？」
「名字。」
「梁苡薰，薰衣草的薰。」
「那妳剛剛想說的是什麼？」
「只是想拜託你和我去參加公司同事小孩的滿月酒，因為他們要把我扔進婚友社，我一不小心就脫口說出我已經有男朋友結果就萬劫不復，小尉鄰居又不管我死活所以我就……」

糟了。

一鬆懈就什麼話都被套出來了。

「你……」低下頭我絕對不要看他，「你就當作什麼都沒聽見。」

「可以啊。」

「大叔果然是好人，那當作沒聽見就絕對不能再提起，就這麼說好囉。」

「我說我可以陪妳參加。」

「你說什麼？」

「不過交換條件是妳以後在藍屋裡不能點酒精飲料。」

「藍屋？」

「那間酒吧的名字。Blue House。」

「喔、好吧。」反正我本來就不喜歡酒類飲料，「你不能反悔喔。」

「需要簽署合約嗎？」

「這就太嚴重了一點，總之我相信你。大叔爽約的話我就把酒吧裡的酒喝過一輪，然後要酒保先生找你收錢。」

他突然開心地笑了出來。

「笑什麼。」輕輕哼了一聲，旋即想到一個有點重要但又不是太重要的重點，「大叔到底幾歲啊？看你的臉很年輕，根本像二十幾歲的青年，有做什麼特別保養嗎？」

「我沒有特別保養。」在藍屋門口我和他停了下來，「我本來就只有二十幾歲。」

「你、你說什麼？」

高八度的問號惹來行人的側目，管不了這麼多，我很認真的盯著大叔希望找出一絲戲謔的痕跡。

「我上個月剛滿二十七，正好小妳五歲。」

「後面這句不用補！」

他愉快地笑了，「就算是這樣，妳繼續喊我大叔也沒有關係喔。」

這真是個不可理喻的世界。

05

人的感情啊，特別是愛情，就是一種失準，加深這個人的影響力、放大這個人的優點、縮小這個人的不全、模糊這個人的錯誤，一個一個失準堆疊而起，我們眼裡看到的這個人從來就不是真的。

一切都亂七八糟了。

大叔其實不是大叔，該播的節目沒有播，以為還有的咖啡連罐子也沒有，連早上在走廊碰見小尉鄰居他也沒瞪我。

說不定拉開窗簾會發現地球反著轉，但就算反著轉我也沒辦法察覺吧。

所以我決定接受這一切。

穿好衣服準備上班走到公車站才發現今天是星期六，於是我又折了回來，走進便利商店買了麵包和咖啡，因為第二杯半價的關係多買了小尉鄰居的份，當然就算有折扣兩杯依然比一杯貴，但為了測試地球旋轉的方向我決定和小尉鄰居共度美好的周末早晨。

雖然他的早晨會變得非常不美好。

愉快的拿著咖啡踏上樓梯，途中遇見303的帥氣女孩對方還友善的打了招呼，走到307門前我抬起手肘壓了下門鈴，正打算按第二下小尉鄰居的臉就出現在我面前。

一點也不兇狠。

轉身走回屋內我默默跟著他進門，用腳關上門發出有點大的聲響但小尉鄰居一點反應也沒有，明明前天還很火熱的瞪我，怎麼隔了一天練就了徹底將我當空氣的能力了？

把咖啡和麵包放在桌上，他依然坐在電腦前手邊是前天看過的資料堆，他的臉色顯得蒼白，仔細看著卻感覺頰邊泛著不尋常的紅。

「妳做什麼……」

「不要說話也不要動。」

將掌心貼放在他的額際，果然是不尋常的熱度，都到了這種程度還在工作，嘆了口氣雖然生氣卻不忍心罵他。

「我陪你去看醫生吧。」

「我沒事。」

「要到什麼程度才叫有事？」深呼吸，呼吸，對病人要溫柔一點，「星期六下午就沒有門診了，到時候更嚴重的話就只能送急診室，這樣會更麻煩。」

他看著我最後終於妥協，站起身顯得有些搖晃，扶住他但他卻想掙脫，狠狠瞪了他一眼，這不是逞強的時候，想這麼說卻還是忍下。因為自己也時常這樣逞強。

並非不想依賴其他人，而是害怕自己成為其他人的負擔，並不是想依賴對方就願意負荷，假使對方接受了自己的重量，那麼又會害怕自己什麼也無法替對方做到。所以開始逞強。自己的重量放在自己肩上就好，這樣不會被拒絕，不會無以回報，也不會落空。

「我說過要敦親睦鄰，而且小薰姊姊很有力氣的，所以沒有關係，反正以後我也會一直麻煩你。」

他深深地看了我一眼，之中有些什麼，但他旋即斂下眼。鑰匙在電視旁。他只說了這句話。

我逼著小尉鄰居上床。

聽起來有點曖昧但我不在床上。

吃了藥之後壓著他躺下休息，你要自己睡還是小薰姊姊陪你睡，話才剛說完他就走向一旁的床，老實說我的心稍稍受了傷。至少也要猶豫一下啊。

坐在床邊為了確保他乖乖聽話，沒隔多久他就沉沉睡去，探了探他的額際熱暫時退了，望著他毫無防備的睡臉，小尉鄰居不兇狠瞪人的時候還挺可愛的。

安靜的離開床邊，看見桌上已經涼透的咖啡，拿起並排在一起的咖啡和麵包悄悄離開 307，走到廊上以小心翼翼的姿態闔上門，轉過身的瞬間我差點尖叫失聲。

「楊、楊叔叔。」

管理員大叔以質疑但摻著更多好奇的眼神審視我，看我抱著的兩杯咖啡，又目擊我從 307 出來。慢慢的他的眼神被曖昧覆蓋，露出「我明白」的微笑，理解地點了點頭。

不、你什麼都不明白。

「不是這樣的，你看到的跟你想的完全不一樣，我是因為……」

「沒關係，楊叔叔是過來人，年輕人嘛，難免的、難免的。」

「真的不是那樣，我只是因為小尉鄰居生病所以才……」

「小尉……」管理員大叔徹底抓錯關鍵字，「我的初戀女友也都叫我小威，現在想想還真是害臊，不過這種事就是要趁年輕啊。妳說 307 的帥哥生病了啊，生病的時候一定要好好照顧他，男人啊，一直都告訴自己要堅強，但其實內心深處是渴望有一個能照顧自己的人，特別是生病這種脆弱的時候，妹妹啊，一舉攻佔，像是打仗一樣，看準時機就要攻。」

就說了不是那樣。

管理員大叔像是得到意外的收穫，愉快的轉身下樓，連拿在他手上的信也忘記分發。

算了。既然跳到黃河也洗不清，那就不用費力跳了。

走回房間坐在椅子上一口氣灌下兩杯咖啡，吃不下麵包所以放棄，包包裡的手機有三通未接來電，全部都是艾利絲。

「妳為什麼都不接電話，還在睡覺嗎？」

「剛剛出門忘記帶了。」

「中午出來吃飯吧，順便帶咪咪出門。」

反射性的想回答「好」，話卻哽在喉嚨，雖然看過醫生也吃過藥，但不用想也知道他醒來覺得好些就會立刻著手工作。其實沒必要管那麼多，但放心不下的事就是放心不下。

「晚上吧。」我突然想起我沒跟艾莉絲提過小尉鄰居，一時半刻也說明不清，「中午有點事。」

「忙完了再打電話給我。」

「好。」

趴在桌上我的肚子有點脹，如果沒有遇見管理員大叔我應該不會變這樣，但是來不及了，不管是被誤會還是灌下的咖啡。

「管他的。」我用力伸了懶腰，「先看完邵謙的新書再說。」

我哭得唏哩嘩啦，邵謙真是殘忍居然這樣對待我最喜歡的男女主角，吸著鼻子很流暢的打開 307 的門，小尉鄰居已經醒了，並且如預料般坐在電腦前工作。

他的氣色紅潤許多，大概是很重要的工作，所以我沒有阻止他的打算。

「小尉鄰居……」吸了吸鼻子很自然地坐下，沙發右手邊的區域已經成為我熟悉的位置了，「跟你說喔，剛剛看了一本好可憐的小說，裡面的男主角啊……你根本沒在聽嘛。」

「沒興趣。」

「你吃過東西了嗎？」

他沒有回答，那就是沒有。揉了揉眼睛，站起身往他走去，越靠近他就感覺到一股溫暖，放緩了腳步但感覺卻沒有改變，我一直以為是自己的錯覺，怎麼會因為靠近就感受到熱度；看著他的側臉胸口有些莫名的什麼，或許是因為熱的關係。

輕輕搖了搖頭走到他身邊，伸出手貼上他的額頭，雖然很不情願但他沒有劇烈掙扎，燒退了，但他這樣復發是遲早的事。

「我們去吃午餐吧。」在他拒絕之前我把臉湊近睜大眼睛瞅著他，「當然是小尉鄰居請客，就當作是陪睡的代價。快點走吧，我哭到肚子好餓。」

「什麼陪睡，不要說些混淆視聽的話，而且誰叫妳要看小說，哭到肚子餓關我什麼事……」

他的語氣突然不那麼冷漠也不那麼排拒，默默扯開嘴角拉著他往外走，才剛踏出門又看見管理員大叔的臉，他手上拿著信大概是發現自己忘記分送了，咬著唇這次不僅讓他目擊我出入307，還拉著小尉鄰居的手腕，這次不要說黃河，跳進汙水處理廠都洗不清了。

「楊叔叔……」

「要出門啊，很好、很好，假日就是要出去走走。」

這次他又像得到另一份意外的收穫，愉快的往樓梯走去，拿在手裡的信還是忘了發。

「妳做了什麼事？」他用懷疑的眼光瞄著我。

「我什麼都沒做。」他的眼神更加懷疑了，「真的，什麼都沒做。」

我只是很正常的進出鄰居家而已。雖然鄰居是年輕帥氣的男人。雖然我是單身的獨居女人。雖然我拉著年輕帥氣的鄰居的手一起從他家走出來。但這些都非常正常。

我什麼奇怪的事都沒做。

艾莉絲換了新的髮色，從棕金色跳躍到紅色我花了一段時間才適應，幸好咪咪還是原色，上次在路上看見一隻粉紅色的狗，我就開始害怕某天咪咪會突然被染色。

「不覺得紅色太招搖嗎？」

「我有低調過嗎？」

「也是。」左手摸著咪咪的頭，右手拿著筷子夾起燙青菜，想提起小尉鄰居但咬下青菜的瞬間又突然放棄，又想起大叔，但吞下青菜的剎那我還是放棄，

「菜沒有味道。」

「因為妳沒沾醬料。」

「這樣啊。」

「妳在恍神什麼？」

「沒有啊。」

「想說的時候再說，但至少吃飯認真一點。」艾莉絲夾了一塊油亮油亮的

肉到我碗裡，「不過妳房間真不是普通的冷耶。」

「妳也這樣覺得啊。」

話說回來小尉鄰居家就很溫暖，我一直以為是寂寞擴大了冷的感受，但艾莉絲就在身邊我仍舊覺得冷，我仔細想著305和307的差異，小尉鄰居家的擺設很有質感像是砸了很多錢，他有一張舒適的沙發，窗簾和被單的顏色跟我的不一樣，然後桌旁擺了一台機器，一靠近就熱熱的……啊、原來是暖氣機，我還想著怎麼越靠近他就越感覺到溫暖，是暖氣機就擺在他旁邊的緣故啊。

「我是不是應該買一台暖氣機啊？」

才剛說完門鈴就響了起來，打開門迎上的是管理員大叔的臉。

「楊叔叔。」

「信。拿來了好幾次都忘了給，年紀大了就是這樣。」

「這幾封不是我的……」

「隔壁的帥哥好像不在家，拿給妳應該也是一樣的。」管理員大叔笑得極度曖昧，「說不定改天地址就變成同一個了。」

我想任何的解釋都沒有用，所以我尷尬的笑著，滿足了他的想像之後他終於離開，關上門我用力地嘆了一口氣。

「隔壁的帥哥？」艾莉絲一字不漏地聽見了，我扯開想粉飾太平的笑容但對方是艾莉絲所以一點用處也沒有，「梁苡薰，妳有什麼忘記告訴我的嗎？」

「就只是鄰居而已。」

「……而已？」

「反正就是我跟隔壁鄰居……說話的時候被管理員看見，他就自行想像根本不聽我解釋，真的，什麼也沒有，就這樣而已。」

才剛句點門鈴又響了。

這次又是誰？

拉開門這次是事件男主角的臉。艾莉絲不知道什麼時候走到我身後。

「管理員說我的信在妳這裡。」

「拿去。」拿過信他正要轉身，「記得吃藥。」

「知道了啦。」

然後他回去了。然後我關上門了。然後艾莉絲的手搭上我的肩了。然後我知道我要被拷問了。

「鄰居生病關心他是很正常的嘛。」我奔向餐桌拿起碗筷極度專注的開始吃飯，「好餓喔，怎麼那麼餓。」

「妳就吃吧，吃多一點，反正今天還長得很。」

艾莉絲暫時相信我的「清白」，然而她顯然不太愉快，不是因為隱匿而是事實跟她的期待背道而馳。

「為了聽這種事浪費我整個晚上。」

「明明是妳逼著我說的。」

「至少也要有一點內容啊，例如跟鄰居的一夜情或是酒後春光，就算是照顧生病的鄰居也應該加點偷襲的橋段，真是一點天分也沒有。」

這種女人。我的頭好痛，所以決定暫時不要理她。

「既然妳一直找不到戀愛對象，要不要先找個男人來調劑身心呢？」

「我不要。」

「女人就是要吃點肉才會更漂亮。」艾莉絲戳了戳我的額頭，「既然無法以年齡取勝，就只能靠成熟女人才有的風情了。」

「真是不好意思我兩邊都沒有。」

「酒吧和夜店就是為了妳這類型的人而設的，昏暗的燈光，過於高漲的情緒，所以無論是客觀判斷或是主觀判斷都會失準。對方的失誤就是我們得手的契機。」

「這樣感情就失真了。」

「人的感情啊，特別是愛情，就是一種失準，加深這個人的影響力、放大這個人的優點、縮小這個人的不全、模糊這個人的錯誤，一個一個失準堆疊而起我們眼裡看到的這個人從來就不是真的。」艾莉絲的視線透過我望向記憶的某一點，「人是主觀的，所以必須依靠各式各樣的規範、公式或者儀器來求出客觀的事實，但是感情無法被測量，所以不管是眼前的風景或是心底裡的那個人，都不是真的，但那又怎麼樣呢，因為身為人啊，因為是感情啊，所以只要順著那瞬間自己心底深處的聲音就好，對我來說，那才是最真實的存在。」

艾莉絲或許想起了某些什麼，我不喜歡她臉上這種表情，帶著些許迷離幾乎觸碰哀傷的邊緣，我拿起桌上的水杯往她的臉頰貼去。

「做什麼啦，很冰耶。」

「我只是想試試我主觀感覺冰的東西，妳是不是也覺得冰。」
「梁、苡、薰。」艾莉絲面露兇光，「妳、死、定、了。」

06

但是那天，看見妳的時候，雖然反覆告誡自己不要靠近卻還是伸出手了，一直到現在我也不明白，但是，為了不在收手的時候對妳造成更大的傷害，我希望能讓妳自己鬆開我的手，等到妳不需要像我這樣的陌生人的那一天。

站在公司門口，風不是很強但確實滲進肌膚，瑟縮著身體我的雙眼不停張望，五點五十七分，雖然約定的時間是六點十五分，但心裡總是不踏實。

昨天特地到藍屋見了大叔一面，清楚的交代了時間地點，回到家之後稍微安穩的睡了一覺，早上起床為了安全起見，當然是自己的安全，想傳封簡訊卻發現自己自始至終都沒跟他要過電話，從那一瞬間起我就惴惴不安，一整天心頭都懸著。

但我能做的也只有期盼著他的到來。

坐在花台旁我無聊的想著，也許大多數的人都處於期盼的狀態，因為這世界上大部分的人事物並不會遵照著自己的意念移動，特別是感情，無關乎先來後到，也無關乎付出多寡，那之中或許不存在著任何規則，沒有「只要做了這個動作就能得到對方的感情」的守則，於是每個人都懷抱著期望與不安盡可能努力的往對方前進。

這是愛情的美好，也是愛情的殘酷。

所以我相信愛情同時懷疑著愛情。

長長地呼了一口氣，城市裡的空氣相當糟糕，然而人總是需要深呼吸的動作，兩相權衡之下我學會緩而長的氣息，儘管進入胸腔的空氣相同，卻因為拉長了時間而讓身體獲得足夠過濾或者適應的餘裕。

這個城市無論待得多久都無法適應，卻會慢慢習慣這些不適應。

六點十三分。依舊沒有熟悉的身影映入視野，斂下眼我一向討厭倒數，無論是新年倒數或是約定的倒數，只要安靜走著就會抵達的前方為什麼非得特意計數，耳際彷彿聽見滴答滴答的聲響，我不喜歡，倒數不會加大抵達的愉快卻會加深與期望不符的落空。

「等很久了嗎？」

抬起頭我看見他略帶歉意的淺笑，我想起這是我第一次在日光之下見到他，和夜晚的印象微微錯開，多了一些稚嫩卻也多了一點清晰。

「晚下班可以當作理由嗎？」

「遲到五分鐘以內都可以視為時間差。」站起身突然很感激他的到來，不僅僅是因為聚會而是他的出現讓我不必面對落空的惆悵，「謝謝你來。」

「不是為了妳，是為了免費的晚餐。」

輕輕地笑了，眼前這個男人的溫柔總是那麼隱微，然而確實。

「走吧，比我年輕的大叔。」

我突然覺得大叔好可憐。

坐在角落看著一群中年大姐包圍他，假審核之名行吃豆腐之實，連一向溫柔靦腆的會計大姐也伸出右手輕捏他的手臂，儘管自顧不暇但偶爾他仍舊會將目光投注在我的身上，不用擔心，視線的流轉彷彿就是為了讓我安心。

隔著一段距離反而能夠更加仔細凝望他，他的雙眼少了一些深沉，側臉少了一些陰影，摻著些許尷尬與靦腆的微笑添了一些可愛。宋秉澤。其實我沒有記住他的名字，剛剛聽著他的自我介紹才想起來。

我突然發現自己跟他幾乎是陌生的兩個人，拼湊著大姐們和他的對話。原來是律師啊，這麼年輕又這麼帥氣的律師害我都想官司纏身了。只是在小小的事務所而已，還需要磨練很久。真是謙虛的小夥子，那是怎麼和我們小薰認識的呢？

瞬間我清醒了過來。

我壓根沒跟大叔套過招。

用力吸了一口氣衝進大姐們形成的圈，勾起大叔的手我扯開燦爛無比的微笑，「唉啊，大姐們一直纏著他說話，我們家秉澤都還沒吃東西呢。」

我們家秉澤。似乎太過頭了一點。但大姐們露出非常滿足又極端曖昧的笑容，我想起管理員大叔的臉上也出現過這種表情。

「我們小薰吃醋了呢。」

「吃醋的不是我，是晶晶才對，今天是晶晶的滿月酒，大家怎麼都只關心我們家秉澤呢。」

「我們家晶晶也很喜歡帥哥哥呢。」靜蘭剛剛也摸了大叔好幾下，我看得一清二楚。「大家先吃東西吧，離小薰跟秉澤遠一點。」

我只能傻笑。

迅速地夾了滿滿一盤食物就拉著大叔往角落的位置走去，當然不管多麼角落就算貼在牆上這些人的注意力還是放在我和他的身上，連業務大哥也不例外。

「不好意思……」

「妳的同事都很……活潑。」

「他們人很好，只是太過關心我的感情生活。」把食物推到他的面前，自己喝著綠茶，我可以明顯感受到其他人的炙熱目光，以及瀰漫在四周「小薰真貼心、兩個人真恩愛」的氣氛，「他們很擔心我……結不了婚。」

「妳的確很讓人擔心。」

「什麼意思？」

「第一次在藍屋見到妳就有這種感覺，妳大概不知道，妳朋友離開前有特別交代酒保不要讓妳喝太烈的酒，最好是不要賣酒給妳，所以他以為妳還沒成年，才要我過去。」

所以大叔不是自己想走過來的。

不知道為什麼這段話裡我擷取到的只有這個部分，斂下眼胸口有淡淡的悶窒感。

「是嘛。」

「那時候看見妳蹲在藍屋門口哭，其實這樣的人不在少數，一個人喝了酒走出酒吧的瞬間，或許是因為嗅聞到屬於這個世界的空氣，突然發現無論是在酒吧裡或是真正的世界裡自己都是落單的，所以會突然放聲大哭。」他的笑容非常淡，語氣異常柔軟，「這時候不要插手比較好，儘管那一瞬間伸手會讓對方感激，但自己沒辦法一直讓對方拉著手，所以收手之後反而會讓對方得到更大的傷害，這是藍屋老闆反覆告誡酒保的事，所以不管有多麼複雜的心情，我都不會干預，頂多就是確認對方沒有被奇怪的人騷擾而已。」

「說不定沒辦法鬆手，沒想過這個可能性嗎？」

「那只好想方案二了。」他凝望著我，「只要我不再是陌生人就能解決這個問題了。」

我撇開眼。喝光杯子裡所有的綠茶。吞嚥而下的瞬間我感覺到頰邊微微發熱。

「根本是鑽法律漏洞。」

「嗯。」我聽見他隱約的笑聲，「雖然不想這麼說，但鑽法律漏洞也是律師的必備技能。」

□

只要不再是陌生人。

我的腦袋被這八個字填滿，蜷曲在椅子上，大叔很有紳士風度的送我到家門口，臨走前還交換了手機號碼，雖然已經沒有需要對方號碼的必要了，但很多事並不是為了必要而做，雖然說不定是為了將來的必要……

甩了甩頭，但亂七八糟的念頭仍舊揮之不去，於是我更加用力地甩頭，像咪咪那樣，然而實驗證明一點用處也沒有，還附加頭暈的副作用。

這種時候就需要鄰居。

連外套都沒穿就往隔壁走去，按了門鈴我安靜的等在門外，雖然必須以左手壓住想狂按門鈴的右手。

眼前的門被慢慢拉開，這是我第一次迎上小尉鄰居「正常」的臉，他顯得有些訝異儘管相當細微，也許是按門鈴的方式不同，又也許是其他也許。但這不重要。我揚起甜甜的笑，依然趁他不備鑽進307。

這次沒有巨大的甩門聲。但小尉鄰居也沒有搭理我的打算。

「小尉鄰居身體完全康復了嗎？」

「嗯。」他輕輕哼了一聲。

「你已經三天沒有見到小薰姊姊了，是不是很想我啊？」

「哼。」他冷冷地哼了一聲。

「小尉鄰居你是男人吧……」

「妳沒有眼睛嗎？」

好可怕，小尉鄰居好可怕，說不定剛剛差點往他的地雷踩下去。瞄了他一眼，聽說乾淨整潔的男人中是同志的比例很高，說不定他抗拒的態度不是因為我，而是生物的競爭本能使然。

如果是這樣我就能更順理成章的待在他的住處，帥氣的姊妹淘，我從以前就一直很想要。

「妳自己在亂七八糟的想些什麼。」抬起眼他的眼神比平日更加兇狠，「就算妳不是女人我也還是男人。」

「是喔……」真可惜。「那你應該知道，一個『男人』說出『不想再當陌生人』是抱持著什麼樣的心思吧？」

他的眼神忽然沉了下來，視線轉回電腦螢幕上，語調陡降到零下，「不、知、道。」

「你不是說你是男人嗎……」嘟著嘴我半躺在沙發上，在小尉鄰居家我實在越來越放鬆了，「男人真的很難懂耶。」

「不要把妳自己的理解力不足怪到別人身上。」

「唉。」很誇張地嘆了一口氣，「就是這樣我才會被前男友甩掉。」趴在沙發扶手，我用力吸了吸鼻子，用眼角餘光偷瞄他，他的視線停留在我身上，於是我更誇張的發出嗚嗚的哭聲。

「妳不知道妳演技很差嗎？」

「我也覺得。」像沒事一樣坐起身，揚起愉快的笑容，雖然他的態度從來沒好過，但只要和他說上幾句話心裡的結彷彿就自然地鬆落，「小尉鄰居有相親相愛的女朋友嗎？」

房間裡只有他敲打鍵盤的聲音。說不定是害羞。真是可愛。偷偷朝他走去，剩下一步距離時我看見一本熟悉的書被埋在資料堆裡。

「小尉鄰居也喜歡邵謙的書啊，原來我這麼喜歡你不是沒有原因的。」

他隨手用紙張把書蓋住，第一次看見他慌亂的模樣我莫名感動，然後我就得寸進尺了。

把手搭在他的肩上，正想說話他卻猛然起身連帶甩開我的手，身子有些不穩扶住椅背站好時他已經走進廚房並且大口的灌著冰水。看起來就覺得冷。

「沒事就回去。」

「你感冒才剛好不能這樣喝冰水。」

我的右腳才剛往前移動連落地都還沒就被喝止，「妳不要過來。」

嘟起嘴皺起鼻子瞇起眼無聲的進行抗議，明明剛剛還好好的，說翻臉就翻臉，男人心才是海底針。小尉鄰居的地雷還真不是普通的多。我仔細想著剛才發生的一切，不是從手搭上他的肩而是再往前一點，對了、提到邵謙的書那瞬間就開始凝聚微妙的氣氛了。

上次還說他根本沒興趣……

眨了眨眼該不會小尉鄰居是因為我提過才特地找來看……他靠在流理台旁散發出「我絕對不會望向妳」的氣氛，所以我肆無忌憚地盯著他，我想了想應該不是這樣，一定是被發現自己也讀愛情小說一時太過害羞而轉為氣憤。

一定是這樣。

「小尉鄰居你回來工作嘛，我會乖乖待在沙發上，你家電視順便借我看，我絕對不會吵你。」

「回去。」

「我家沒有暖氣機很冷很冷的，而且上次照顧你，我感覺自己身體裡也住著好幾隻感冒病毒，如果待在寒冷的家裡說不定會敵不過病毒們……」拚命忍住不讓自己嘴角上揚，「我如果感冒的話，小尉鄰居就要陪睡喔。」

他額際的青筋都快冒出來了。不能笑。笑的話不僅會遭天譴還會被趕出去。

「妳只要再說一句話，就立刻回去。」

「嗚嗚嗚嗚嗚……」搗著嘴我說著「我會乖乖聽話」接著愉快地賴上柔軟舒適的沙發，「嗚嗚嗚嗚嗚嗚。」（小尉鄰居人真好。）

「妳再嗚一聲也一樣出去！」

即使靠得那麼近，偶爾卻還是感覺飄忽而遙遠，並不是不夠信任對方或是關心對方，那跟自身的感情無關，而是每個人的心中都存在著一道上了鎖的門扉，很多時候縱使想將鑰匙遞給對方，卻在那瞬間發現，自己不知何時遺失了鑰匙。

大叔成為辦公室裡的熱門關鍵字。

會計大姐左一句秉澤，行政大姐右一句秉澤，靜蘭也不時提起「你們家秉澤」，連在茶水間泡咖啡的業務大哥也順口提起那個宋秉澤。

嘆了一口氣早知道就找普通一點的路人甲，日子久了說不定他們連長相都會忘記，但是來不及了，現在的狀況沒有比被扔進婚友社好上多少。

「聽說妳交男朋友了啊。」

被排拒在外的陳年老宅自行拼湊眾人的對話，婚友社的事情他不知道，晶晶的滿月酒他說不打算包紅包也不會去白吃白喝所以不參加，然而狹小的辦公室裡任何的流言蜚語都不會被錯過，只是時間早晚罷了。

「不行嗎？」

「原來也是有像我一樣願意接受妳的中年大叔，但是不得不謹慎啊，到了妳這年紀沒有本錢跟外面的小女生拚了吶。」

雖然知道陳年老宅只是酸葡萄心態，但確實煽起我的怒火，冷冷地瞪了他一眼，克制著想將咖啡往他臉上潑的衝動，深深呼吸反覆告訴自己不值得。有些人連情緒的起伏都沒必要給。

但恰巧經過的行政大姐聽不下去了。

「小薰年紀是多大，你也不想想自己是什麼德性，我告訴你，我今年四十三，已經不年輕也不是很漂亮，但如果我還單身，也絕對不會把你列入考慮。」行政大姐的手輕輕搭在我的手背上，我的眼眶有些發酸，「更何況小薰還年輕而且漂亮、個性又好，只有她不要男人的份，我告訴你，小薰的男朋友不僅又帥又有才氣而且還是個年輕男人，什麼年紀大還是小的，真正的男人根本不會在意這種小事。」

「現實就是現實，妳們遲早會躲在角落哭的。」

陳年老宅忿忿地離去，這次連一向不插手同事人際關係的業務大哥也走近我拍拍我的背。什麼也沒說但那就是一種支持。

「不需要在意的人就不要去在意，我們好好過自己的生活就好。」

「大姐，謝謝妳……」

「客氣什麼，我已經忍他十幾年了，我現在暢快得很。」行政大姐拍了拍我的手，「好啦，回去工作吧，這陣子有得忙了。」

「嗯。」

回到座位上會計大姐給我一個溫柔的微笑，「社會就是這樣，有冷酷的地方但也有溫暖的地方，可是啊，溫暖的地方一定比冷酷的地方多。」

我知道。

所以我會慢慢消化，用自己身體的溫度消化掉那些冰冷，顫抖的時候身旁還有很多人會伸出手擁抱我。所以沒有關係。

沒有關係。

這是我今天告訴自己的第一百九十二次。沒有關係。再追加一次。

告訴艾莉絲的時候她氣得亂扔東西，還嚷著明天要到公司教訓陳年老宅，好不容易安撫住她，自己卻感覺被抽空的部分又多了一些。

所以我說很累想早點回家休息，走著走著卻發現這不是回家的方向，但我還是往前走，因為知道這條路通往哪裡所以沒有打算折回，最後我站在藍屋的門口。

但是我沒有進去。

在門口蹲下，這次我沒有哭，但這對我的感情卻更加沉重，因為體內被強力壓縮的情緒無法擠出，壓迫著身體內部的每一吋皮膜，胸口悶窒得有些泛疼，痛苦地皺著眉我的身體微微顫抖。

我不明白為什麼自己的體內會湧生如此劇烈的情緒，雖然我在意年紀，卻沒有過度在意，老宅的話可以被慢慢消化，不只是話的本身，還有他惡劣的性格；然而真正讓我無法承受的或許是行政大姐的言語，捍衛著我、支持著我，然而那些用來作為盾牌的一切卻是一場謊言。

我感覺自己比任何一個時候都還要赤裸而無防備。

蜷曲著身子我用力咬著唇，眼前是冷漠的世界，身後或許藏著溫暖，蹲屈在兩者交界，我的體感神經感到混亂，於是開始覺得冷。異常的冷。放大了所有感情性和生理性的冷。

「妳在這裡做什麼？」

熟悉的聲音。抬起眼我看見鄰居的身影，微微反光之中，那並不是我的期待，然而我也不知道自己的期待是什麼。

於是我的淚水開始滑落。

「妳哭什麼啦？」他脫下外套披在我身上，蹲在我面前一臉緊繃，「妳想冷死在街上嗎？」

拉著我起身，我的淚水失控得更加徹底，為什麼我要在這樣莫名其妙的城市裡努力生活，為什麼我要在這樣亂七八糟的世界裡拚命生存，為什麼每次我想要放棄想要開始埋怨世界眼前就會出現溫暖……

拉住他的毛衣我撲進他的懷裡放聲大哭，他似乎嘆了一口氣，雙手垂放在兩側放任著我失控。他的氣味包覆著我，掩去城市的疏離與冷漠，所有的一切彷彿開始飄遠，只剩下體腔裡的情緒，傾洩而出。

「哭完了嗎？」

他的胸前濕成一片，我絲毫不客氣的拉起毛衣擦乾臉上的淚水，他無奈地嘆了一口氣，以為他要伸手推開我，雙手卻拉攏了披在我身上的外套。

「我肚子餓了。」

「妳還真是一點也不客氣。」揉了揉鼻子接著想揉眼睛的時候手被他扯了下來，「腫起來的眼睛用力揉會受傷，這點常識都沒有嗎？」

「可是眼睛痛嘛……」

忍不住又抬起手還是被他抓住，這次他索性不放手，我試圖掙扎卻一點勝算也沒有。雖然知道他是為我好，但眼睛好痛又好癢，我最沒辦法忍耐的就是痛跟癢了。

「小薰？」

停下掙扎的動作，順著聲音往來源望去，大叔站在離我三步的地方，盯著我和身邊的小尉鄰居。

小尉鄰居沒有放開我的手，大概是知道他只要一鬆手我絕對會揉眼睛，所以儘管垂放在身側他還是微微施力地抓著。

「怎麼了嗎？」

「沒事。」背光的緣故或許他不會發現我紅腫的雙眼，所以我搖了搖頭，「我要回家了。」

「真的，沒事嗎？」

大叔看了小尉鄰居一眼又問了一次，這次的語氣更加強調。

啊、大概是要我介紹小尉鄰居。

「這是我的鄰居。」側過頭看向小尉鄰居，「這是大叔。」

雖然是很莫名其妙的介紹，但我想這兩個人八竿子打不著，也不會有更加深入的機會，所以意思意思打一下招呼就好。雖然主因是我忘了小尉鄰居的全名，又怕介紹大叔全名會產生不公平，那就乾脆都用代稱就好。

「走了。」

小尉鄰居扯了扯我的手腕，肚子餓的感覺又浮上，伸出沒被抓住的另一隻手向大叔揮了揮，對啊，我怎麼忘記我還有左手。

小尉鄰居拉著我往前走，趁他不注意我抬起左手但下一秒鐘就被從頭頂扔下來的話壓下。

「妳就用力揉吧，不夠的地方我會幫妳。會幫妳揉到妳以後再也用不到眼睛的程度。」

小尉鄰居好可怕。

稍微回頭一看大叔已經不在街上，我這時候才發現，剛剛他們兩個連「你好」都沒有說。

真是害羞的兩個男人。

咬著雞蛋糕雙手壓著冷得要命的冰敷袋，小尉鄰居說五分鐘之內拿掉他就把冰敷袋塞進我的肚子，吞下甜甜的雞蛋糕，想要讓他知道我的怨念卻沒有眼睛可以用。

「好冷喔，好冷好冷、冷到快要變雪人了……」

他沒有理我，但下一秒鐘身體被類似毯子的物體壓上，雖然覺得這樣自己可能會變成雪人面人身的異形生物，但依照他的行為模式說不定下一個動作就是用厚被子蓋住我的腦袋，這樣我在變成雪人之前就會先悶死了。

「小尉鄰居這樣我喝不到牛奶，三分鐘跟五分鐘差不多嘛。」

「妳可以拿下來了。」

移走冰敷袋的瞬間彷彿重生，快速搓著雙手試圖彌補被奪去的溫度，他還是坐在餐桌旁的椅子上，一定是因為靠近暖氣機的關係。

眼睛仍舊酸澀但舒緩許多，喝著微溫的牛奶我想著方才的失控，他自始至終沒有探問，也許是不想攬上麻煩又也許是他的體貼，眼前這個男人，認真思索才發現自己並不了解，除了姓名除了 307 這間房間之外我所知道的一切就只有眼前的他了。

然而扣除所有背景所有衍生的條件之後，我所看見的這個人比誰都還要客觀，也比誰都還要主觀。儘管總是用看似兇狠的態度對待我，但他的溫柔卻無法被忽視。

「謝謝你。」

「快點把東西吃完回妳房間睡覺那我也會感謝妳。」

「為了報答你，我把邵謙的其他小說借給你吧。」

他狠狠地瞪了我一眼。

「妳要安靜的吃完，還是我幫妳全部塞進嘴巴裡？」

「不能邊聊天邊吃嗎？」

「梁、苡、薰。」

他幾乎是咬牙切齒的把我的名字擠出來，我低下頭安靜咀嚼著甜甜的雞蛋糕，偶爾抬起一隻眼偷瞄死命敲打著電腦鍵盤的他；伸手拿起牛奶，他的臉部線條似乎不那麼緊繃，所以我決定溫柔的指正他。

「就說了要叫我小薰姊姊啊……」

他站起身瞬間就出現在我的身邊，來不及逃跑也來不及投降，他抓起桌上有些退冰的冰敷袋不由分說的貼上我的眼睛，冷，好冷，耳際還清晰的響著他一個字一個字分開唸出的聲音。

「妳再說一句話，不、只要一個字，我只要聽見妳再說一個字，冰敷袋的位置就會從眼睛移到妳的肚子裡。」

我小幅度但快速地點著頭，並且為了表示忠誠我自己伸出手壓住眼睛上的冰敷袋。然後感覺他逐漸遠離，緩慢的，我呼了一口氣，開始慶幸自己活下來了。

我的心情異常的好。

不是因為加薪也不是在路上和命運中的男人相撞，而是我媽寄來一大箱家鄉的味道，特別是那罐香氣逼人的肉燥，沒辦法常回家就必須以另一種方式填補濃厚的思念。

所以即使在吃完飯之後立刻被艾莉絲拖來藍屋，我也還是很愉快。

「小薰小姐今天心情很好呢。」

「好到礙眼吶。」艾莉絲啜飲了一口柯夢波丹，稍稍抬起頭，「酒保大哥怎麼知道小薰的名字？」

因為我很常來。這件事當然不能讓艾莉絲知道。我在艾莉絲的身後對酒保搖著頭，他意會地笑了，上次聽見妳這麼喊小薰小姐，用模稜兩可的答案滑過安全邊界。

趁著艾莉絲到洗手間補妝，我試圖偷喝她的柯夢波丹，但手才碰觸到杯緣就想起自己答應過大叔不碰酒精飲料。

「大叔沒來嗎？」

「他這陣子都沒出現。」

沒有大叔的酒吧像是少了什麼，喝著蔓越莓汁冰塊撞擊玻璃杯壁的聲響隱約傳來，融在爵士裡頭，微微蕩漾。

隔了好久艾莉絲還是沒有回來，視線掃過右後方的角落發現她和某個高瘦的襯衫男正熱烈的交談，艾莉絲總是果斷並且積極，但狩獵本來就要快速而精準。

大概再過十分鐘艾莉絲就會和襯衫男離開，又喝了一口蔓越莓汁，拿出手機找出大叔的號碼，我特地帶了巧克力當謝禮，滿月酒那天說了再見之後一直沒有正式的道謝。

——我在藍屋，大叔有空可以過來嗎？

剛傳完訊息艾莉絲就從我背後撲上來，「我先走了喔，不要忘記明天晚上要看電影。」

然後襯衫男就摟著艾莉絲走出我的視野，凝望著他們消失的位置，其實我一直不明白，這樣的艾莉絲究竟是不是真的快樂。

也許因為這樣各取所需的關係感到輕鬆，真心認為這是最適合她的方式；然而說不定這一切只是為了填補心底的空洞，不是為了得到快樂，而是為了不讓自己被吞噬。

即使靠得那麼近，偶爾卻還是感覺飄忽而遙遠，並不是不夠信任對方或是關心對方，那跟自身的感情無關，而是每個人的心中都存在著一道上了鎖的門扉，很多時候縱使想將鑰匙遞給對方，卻在那瞬間發現，自己不知何時遺失了鑰匙。

「酒保先生，你能看出今天的我心情很好，那你能看出艾莉絲是真的開心嗎？」

「我能看見的，是對方願意顯露的情緒。」他收走還剩一半的柯夢波丹，「但是妳能看見的，應該比我更多。」

攪動著飲料，看著冰塊順著吸管旋轉，轉著轉著彷彿整個世界都在轉動，然而只要一抬起頭就會發現其實什麼都沒有改變。

我們總以為只要自己劇烈的轉動就能稍微移動這個世界，不、世界或許太過龐大，大多時候我們試圖影響的只是某個他人，轉著，拚命的轉著，映入視野的那個人也瘋狂的轉著，於是開始以為自己的暈眩得到了結果；然而忽然被什麼止住的瞬間，又或許是旋轉得太快超出負荷而摔出的剎那，抬起眼卻終於明白，轉動的始終只有自己。

我停下攪動吸管的手，斂下眼，想著艾莉絲的快樂與不快樂，想著自己的快樂與不快樂，一路上手牽著手的兩個人，我卻還是無法肯定的說出她究竟快不快樂。

「找我有什麼事嗎？」

抬起眼發現大叔在我左邊的空位坐下，愣了一會兒才想起自己剛剛傳了簡訊請他過來。

「巧克力……」伸手從包包裡拿出包裝精美的小紙袋，「那天沒有正式跟你道謝，這個巧克力就當作一點小小的謝禮，雖然很微薄但還是請你收下。」

大叔看了一眼被放在桌子上的紙袋，接著將視線移到我的臉上：「這種時間點送巧克力很容易被誤會的。」

「誤會？」

「下個星期是情人節。」他說，還是沒有收下巧克力的動作，「雖然妳沒有這個意思，但為了避免收下之後我會有其他的揣想，所以我接受妳感謝的心意，但巧克力妳收回去吧。」

「就為了情人節？」我皺起鼻子，輕輕地哼了一聲，「我早就不知道情人節是什麼東西了，算了，你不吃我就自己吃掉，這可是百貨公司買的高級巧克力耶。」

「我以為妳……妳有度過情人節的計畫。」

「計畫？」瞇起眼我用小眼睛瞪著他，「大叔，所謂的情人節要先有個情人，才會有那個節，既然沒有情人那麼我的世界裡就不存在著那個節。」

「那天，嗯、妳的鄰居……」

「我的鄰居又怎麼了？」該不會連大叔都誤會了，「怎麼全世界都覺得一個男人和一個女人走在一起就一定要有關係呢？鄰居就不能感情好嗎？算了、你不吃我請酒保先生吃。」

才要伸手拿回紙袋大叔就先收走了，一定是聽見從百貨公司買的突然想吃了，又可能像小朋友搶玩具一樣，明明不想玩但聽見要送其他人就立刻感興趣了。男人啊，有時候複雜得很，有時候又跟小孩子一樣。

偏偏我不擅長解複雜的題目，也拿小孩子沒轍。

「那我還是收下吧。」大叔臉上掛著淡淡的微笑，「既然妳都特意準備了。」

「想吃就說……」我的身子稍稍傾向前，「大叔，好東西要和好朋友分享，也讓我吃一個吧。」

「不是買來送我的嗎？」

「所以要你分享嘛。」

大叔笑了。「我沒有和其他人分享的意思，這樣吧，我下個月再送妳其他的，當作……回禮。」

「那這樣送來送去不就沒完沒了了嗎？而且為什麼非得等到下個月不可，因為還沒領薪水嗎？」

「對、薪水，領到薪水才能買禮物，所以要等到下個月。」

「酒保先生在笑什麼？」

酒保搖了搖頭旋即低頭裝忙，隱約中好像看見大叔瞪他一眼，但可能只是錯覺。

「好吧。那如果你辜負我的期待我就喝一輪的酒讓你付錢。」

大叔突然用非常深邃的目光盯望著我。

我突然覺得有點渴，低下頭喝了一大口蔓越莓汁，耳邊響著他低沉的話語。

「我一定，不會辜負妳的期待。」

08

所謂的落單其實不是雙數或者單數的問題。而是沒辦法站在想要待的位置，無論自己的身旁有多少人，如果那裡頭沒有自己期盼的那個人，自己仍舊是落單的那個。

我坐在沙發上，307的。

親愛的小尉鄰居似乎已經放棄抵禦，打開門一看見我就轉身往裡走，差別是他不再甩上門也不再壓迫眼睛營造出兇狠的目光，總之就是把我當空氣。

一邊看著電視一邊偷瞄他，他似乎有永遠都做不完的工作，人家說認真的女人最美，注視認真的小尉鄰居也覺得他越來越有魅力了。

視線拉回前方，無論怎麼轉都是類似的內容。

情人節。

這幾天的電視節目都瘋狂進行著這個主題，據說每個月都有一個情人節，但真正的情人又何必在乎特定的哪一天呢？

「小尉鄰居要和女朋友相親相愛的過情人節嗎？」

「誰跟妳說我有女朋友了？」

「那……男朋友呢？」

他狠狠地瞪著我，糟糕，我忘記這是他的大地雷了。

「聽說三樓摔下去的生還機率很高，妳要不要碰碰運氣？」

「我又不在意這些……我什麼都沒說。」放下遙控器讓節目停在唯一跟情人節無關的頻道，雖然裡頭正上演著男女主角相互訴說愛意的情節，「節目都好無聊。」

通常情人節我和艾莉絲會窩在家裡吃火鍋，但是她的表姊選在這一天結婚，雖然她要我一起出席，不過這根本是一場陰謀。

艾莉絲的爸媽總是催促著她結婚，連帶著和艾莉絲感情很好的我也成為目標，特別是某次過年到她家拜訪，她爸媽照例提起這個話題，艾莉絲看了我一眼毅然決定犧牲我。

——學姊都還沒結婚，哪輪得到我。

從此艾莉絲爸媽的火力就集中到我的身上，而那個搧風點火的女人更是試圖拖我出席任何一個她的家族聚會，最近吹起介紹艾莉絲的堂兄弟、表兄弟給我的旋風。

我絕對不要去，特別是婚禮。

「那我們一起過情人節吧。」

敲打鍵盤的聲音忽然停了，男女主角確認彼此感情之後激動的落淚擁抱，我轉過頭望向沒有回答的小尉鄰居，大概是太過感動而無法回應。

「只有我們兩個人，所以就來小尉鄰居家吃火鍋吧。」望了一眼牆上的月曆，「明天下班之後我們一起去買材料吧，先說好喔，你是男人你要提重的。」

「我，」他輕咳了一聲，「我什麼時候說好了？」

「不然你要來我家嗎？」我嘟起嘴，「可以是可以，但你要把暖氣機搬過來。」

「重點不是這個。」

「不然重點是什麼？放心啦，我會幫忙打掃，就這麼決定囉。」

準備睡覺的時候收到了大叔的簡訊。

——後天有空嗎？

我很閒啊。因為艾莉絲忙著籌備表姊的婚禮暫時把我放在冷宮，簡訊打到一半才想起來後天是情人節，我跟小尉鄰居約好一起吃火鍋了。

——有什麼事嗎？

——朋友送了一盒蛋糕，很好吃的蛋糕，後天我會帶去藍屋。

蛋糕。我的心開始動搖了。

——明天不行嗎？

——後天我才會過去藍屋。

真糾結。吃完火鍋再過去吃蛋糕，雖然這麼想但留小尉鄰居一個人在家實在太過分了，對了、乾脆要大叔一起來吃火鍋，這樣就能同時吃到火鍋還有蛋糕了。

我好聰明。

——後天我跟朋友約好吃火鍋，如果可以的話，大叔要一起來嗎？

——不會太突兀嗎？

——是你也見過的朋友。所以不用擔心。對了，明天晚上我和他要一起到附近的超市買材料，有空的話也一起來吧，可以自己挑選想吃的材料。如果沒空的話，記得傳給我想吃的食材，我會記得買。

——我知道了。早點睡吧，晚安。

伸了大大的懶腰，雖然不是很在意但一個人走在充滿情侶的街道上難免會觸景傷情，一起吃飯不僅讓小尉鄰居和大叔不會落單，還能認識新朋友，我果然做了好事。

□

站在超市的門口，午休的時候收到大叔會來的簡訊，所以約好六點在門口集合。

「幹嘛站在這裡？」

我好像忘記告訴小尉鄰居了。

「等朋友。」我扯開愉快的笑容，「昨天又約了一個朋友，人多比較熱鬧啊，而且這樣就可以吃到更多不同種類的食材了。」

他的表情瞬間凍如冰山。

「不要那麼小氣嘛，我知道你不喜歡陌生人，但你也見過他，他很好相處的，小尉鄰居，小、尉、鄰、居……」

「妳都約了我還能有什麼意見。」

「就知道你人最好了。」我看見不遠處出現大叔的身影，「啊、來了。」

「我以為妳說的『朋友』是那個女的。」

他用著極度不情願的語調低聲說著，原來小尉鄰居喜歡艾莉絲那類型，「我下次再介紹艾莉絲給你認識。」

「不需要。」

「不用害羞啦……大叔，這裡。」

「嗯。」我怎麼感覺大叔的表情有些僵硬，「我以為妳說的朋友是……你好。」

我推了推小尉鄰居。

「嗯。」

「那我們走吧，有好多東西要買呢。」

「已經買了牛肉那要買羊肉還是豬肉呢……」

「羊肉吧，羊肉對女孩子身體很好。」大叔接過我手上的羊肉片，放進推車裡。

「我喜歡吃豬肉。」小尉鄰居拿走我準備要放回冷藏櫃的豬肉片，放進推車裡。

「那都買吧。」

氣氛似乎有些微妙。啊、說不定大叔和小尉鄰居……

這樣我到底是媒人還是電燈泡啊？

「金針菇。」

大叔幫我把金針菇放進推車裡，下一瞬間被小尉鄰居拿起來扔回冷藏櫃，

「我討厭金針菇。」

「那買秀珍菇吧。」

小尉鄰居還真是挑食。

「大叔有想吃的嗎？」

「放一些洋蔥和蛤蠣吧，會讓湯頭更好。」

「我不喜歡洋蔥也討厭蛤蠣。」

「那小尉鄰居想吃什麼，小薰姊姊都買給你好不好？」

「哼。」他冷冷地哼了一聲。

「不好意思，他有點怕生。」靠在大叔耳邊低聲地說著，「稍微熟悉一點就會變友善了。」

小尉鄰居扯起我的衣領將我拉離大叔，他看了大叔一眼，好像是瞪，但他的眼神一直這麼火熱說不定是一種示好的表現。

仔細觀察居然發現小尉鄰居和大叔的視線來往得異常頻繁，果然高度相仿就佔有相互注視的優勢，小尉鄰居漂亮的桃花眼彷彿燃著火光，低調而溫柔的大叔則是掛著淺淺的微笑。

看得我都害羞起來了。

「妳在發什麼呆？」小尉鄰居輕輕敲了我的腦袋，「蝦子。」

「蝦子就蝦子。」

大叔伸手摸了摸我的頭，就是剛剛被小尉鄰居敲過的位置，我的身體有些僵硬，不只是因為小尉鄰居正兇狠地瞪著我，而是我感覺自己成為兩個人愛意的傳遞點，難道大叔是想在我頭上感受小尉鄰居殘留的餘溫嗎？

這兩個男人實在太過殘忍了一點。

「梁苡薰。」小尉鄰居伸出右手搭上我的肩膀，我抬起眼卻看見他注視著大叔，「茼蒿。」

搭著我的肩是為了讓自己的手能合理的靠近大叔吧。

我只能乖乖的把茼蒿放進推車裡。

「芋頭。」

「嗯、芋頭。」

他一直搭著我的肩，雖然很久沒有靠男人那麼近了，而且是帥氣又吸引人的男人，但一想到自己只是煙霧彈就覺得哀怨，這兩個人才見第二次面而已，但愛情說來就來，縱使旁邊有哀怨著沒愛情的我上天還是偏心的把愛情送給我身邊的兩個男人。

我哀怨地望了一眼大叔，他才揚起微笑我的右肩就突然受到瞬間的施力，

「玉、米。」

小尉鄰居該有多喜歡玉米，用這麼熱切的方式念出玉米兩個字，所以我多拿了兩根。

結果整台推車裡都是小尉鄰居喜歡的食物。

「大叔不好意思，你特地來結果沒買到多少喜歡的材料。」

「我不挑食。」他淺淺地笑著，「妳跟鄰居、感情很好……」

「因為是姊妹淘啊。」至少我自己這樣覺得，「偷偷跟你說喔，小尉鄰居應該是……你知道的，千萬不能對別人說也不能在他面前提起喔，不然我會被滅口。」

「我不會說，絕對不會說。」

大叔似乎很努力的忍著笑。

雖然有點可惜但看樣子大叔是因為得知小尉鄰居的性向而感到開心，嘆了一口氣，明年的情人節說不定就只剩他們兩個人過了。

難得身邊出現了兩個好男人，也出現了愛情，但愛情卻是那兩個男人共有的。

甩了甩頭，算了，愛情是一種註定，總有一天我也能夠走進一場註定之中。

在那之前先成就朋友們的愛情吧。

□

大叔坐在我的對面，小尉鄰居坐在右邊，307號室被隱微的緊張感細密的包覆。原來這就是愛情到來之前的氛圍。

我的愛情總是來得很安靜，又或許不是，艾莉絲曾經說過我對愛情的敏銳度幾乎等於零，如果對方沒有直截了當的陳述感情，要依靠我自身發覺往往已經太遲。

高中的初戀就是因此無疾而終，對於他總是感到溫暖，待在他身邊時能夠毫無掩飾的表現自己，當兩個人越來越靠近，近得幾乎踩到朋友和情人的界線，我還是以為那是一種無比深厚的友誼。

直到他的身旁出現另一個她。

那些日子裡女孩毫不掩飾自己的感情，積極的趨近，儘管我的胸口時常泛著疼，我也以為那是對於某日朋友會專屬於另一個人的自私，甚至為了彌補自己的自私鼓吹著他給女孩多一些機會。

一直到現在我仍舊忘不了他當時落寞的神情。

所以我說。就算你交了女朋友我們也還是好朋友啊。我以為他和我懷抱相同的心思，不、我們確實懷抱著相同的心思，然而當時的我還不明白，等到畢業那天他終於說出口。

——我一直喜歡著妳。但我的感情就到今天為止，我會努力當妳的朋友。

那天，風輕輕的，卻捎來濃濃的悵然，後來我遠行到台北念大學，他留在家鄉，思念著那段歲月才突然驚覺，原來他早已成為我的愛情。

他終究沒有接受女孩的感情，但我和他也沒有任何結果。

他還是我的朋友，然而仍舊無法抹去心底的遺憾，我不會去思考「如果曾經」，但不免想著自己究竟錯過了多少人，又辜負了多少人的愛情。

「小薰，妳再不動筷子肉就老了。」

大叔貼心的將肉夾到我的碗裡，小尉鄰居也扔進了好幾朵香菇，「吃肉容易老，還是多吃多醣體比較好。」

小尉鄰居真替我著想，一邊咬著香菇一邊瞄著兩個男人，儘管沒有聲音但視線的交錯絲毫無法被掩蓋。火熱到我都害羞了起來。

我看我暫時找藉口離開餐桌好了。

「我去……」才剛站起身就被小尉鄰居壓回座位，「人家想去洗手間。」

「妳三分鐘前才去過。」

「你這樣偷偷記住我會害羞。」

「妳給我安分的坐好。」他低下頭貼近我的右耳，呼出的氣息有些溫熱有些癢，「不管妳在打什麼主意最好都不要實行，連想都不要去想。」

「咳、咳。」

大叔輕輕咳了幾聲，我快速的拉開和小尉鄰居的距離，他火熱地望了大叔一眼，而大叔安靜地看著我，我只能扯開意味忠誠的微笑，我沒有，我真的對小尉鄰居沒有非分之想。

似乎稍微理解我微笑之中的涵義，大叔扯開了非常溫柔的微笑，深深望著我，不、也許是望向我身後的小尉鄰居。

我斂下眼，灌下一大口有些冰涼的麥茶，有那麼一瞬間，我的胸口，稍稍，疼了起來。

□

我說要送大叔到車站的時候小尉鄰居顯得有些不愉快，但當我提議他送大叔過去他狠狠瞪了我一眼，不發一語轉身走進廚房。

「我只是送大叔走一段路而已，什麼事都不會發生，絕對不會。」

小尉鄰居撇開眼，情緒似乎和緩了些，原來愛情能在短短的一夜之中萌發茁壯；我猜想他不願意送大叔離開或許是還不知道該如何處理這份感情，既然如此我就一定會協助到底。

輕輕帶上307的門，走吧，和大叔緩慢的往樓梯走去，安靜的，踩踏著一層一層的階梯，交錯的腳步聲迴盪在狹小的轉角處，沒有人說話，並不是不想說話，而是言語需要被醞釀。

「小尉鄰居人很好的，只是有點怕生，多見幾次面就會熱絡起來了。」

「嗯、我感覺得到他是個不錯的人。」

「那大叔……」我稍微調整了呼吸，「喜歡小尉鄰居嗎？」
「因為不熟暫時說不上喜歡，但比不討厭更有好感一點。」
果然大叔和小尉鄰居相互都存有好感，胸口突然有些悶窒，輕輕搖了搖頭，我應該替他們開心才對。
「下次、再一起吃飯吧，我會叫上艾莉絲，只要是雙數就不用顧慮落單的人了。」
「所謂的落單其實不是雙數或者單數的問題。」大叔的聲音彷彿自非常遙遠的地方傳來，「而是沒辦法站在想要待的位置，無論自己的身旁有多少人，如果那裡頭沒有自己期盼的那個人，自己仍舊是落單的那個。差別或許只有不那麼輕易被看穿而已。」
「大叔的愛情，很辛苦吧。」
「不知道能不能稱之為愛情，但還不能說出口，也不能被透露。」抬頭望向他的側臉，他以極為安靜的姿態將目光對上我的，「這一瞬間的我覺得現狀很好，不特別靠近卻慢慢走近，但是終究會有一天，會移動到一個臨界點，必須進行抉擇，無論是停駐、跨越或者後退，也許那天什麼都會被改變，但總會有那麼一天。」

「人的身體裡有與生俱來的貪心。」踏下最後一格階梯，他站在我的面前，「我也是。但是，我會盡可能的忍耐，等著對方稍微準備好面對的那一天。」

這一瞬間，儘管明白是錯覺，卻以為他想傾訴的對象是我，安靜地凝望著他，垂落的雙手不由自主握緊拳，斂下眼，不屬於我的感情就不要去猜想。

於是我輕輕扯開嘴角。

「希望、那一天的改變是順著大叔期望的方向。」

「我也這麼希望。」

09

他的身體微微傾向前，我終於看見他的表情，那是我未曾見過的神情，不只是溫柔，那之中還有更深的什麼。

艾莉絲很用力地嘆了一口氣。

「對吧，妳也覺得這根本是惡作劇，明明是條件那麼好的男人，卻不喜歡女人，一個也就算了，一次還兩個。」

艾莉絲再度嘆了一口氣，這次以幾乎想把胸腔裡的鬱悶擠出來的方式，並且用相當複雜的眼神注視著我，搖了搖頭，嘴才剛張開又旋即緊咬著下唇。

「算了。」她閉上眼，臉上淨是克制，深呼吸、又深深呼吸，吞下所有高漲的情緒最後她無奈的說：「先觀察一下狀況再說。」

聽起來像自言自語。

「感情的事不能操之過急。」我雙手抱胸輕輕點著頭，「可是總要推他們一把，要在小尉鄰居面前多說一些大叔的好話，再到大叔面前不經意透露小尉鄰居的優點，接著還要多安排一些相處的機會，像大叔說過的，兩個人慢慢靠近就會走到感情的臨界，到時候就是他們的事了。」

「做吧。」艾莉絲露出要笑不笑的表情，總感覺有些陰森，「妳就努力的做吧。到時候就能知道哪一個的脾氣比較好了。」

「妳說什麼？」

「沒事。」

艾莉絲將熱茶放在桌上，接著蹲在我面前以非常近的距離瞅著我，嘴角勾出極度詭異的弧度，伸出右手慢慢的撫摸著我的臉頰。我小心翼翼的呼吸。通常艾莉絲做出難以捉摸的動作就意味著暴風雨即將來臨。

但是我根本不知道自己哪裡惹到她。

「梁苡薰。」她以非常緩慢的速度念著我的名字，「妳還記得愛上一個人是什麼感覺嗎？」

「當然……記得。」

回答到一半突然不那麼理直氣壯，愛，雖然盼望著愛情，回憶著愛情，然而愛上一個人的感覺卻無法具切的描述，也許是隔了一段漫長的時光，又也許是下意識彌封那些感受，我在艾莉絲的瞳孔裡看見自己的倒映，那個女人臉上滿是猶疑。

「想要愛情的人首先就是要記住愛情的感覺，這樣，當愛情靠近的時候才能伸手抓住，愛情的模樣、聲音、味道甚至抽象的感受，至少要知道其中一項，如果有人告訴妳，眼前那堆雜物裡有一樣稀世珍寶，但任何線索都沒給，我們是絕對找不到那樣寶物的。又或者，在我們終於弄清楚的時候，早已經被其他人給撿走了。」

就像是初戀的那個男孩。

「我、我們剛剛是在討論大叔跟小尉鄰居吧……」

「如果妳不先弄清楚自己的愛情，怎麼去插手他們的？」艾莉絲終於把臉拉遠，「別說成功了，說不定會因為妳瞎攪和而破壞了他們的愛情。雖然註定有人的愛情會落空就是。」

我沒聽清楚最後一句。

「妳最後一句說什麼？」

「沒有。」艾莉絲坐回沙發上，咪咪立刻跳上她的腿，「不過，如果他們兩個都是正常的男人，妳會喜歡哪一個啊？」

「就算是同性戀也很正常好不好，而且沒事進行這種假設很容易會胡思亂想，為了避免這種情形，還是不要想像比較好。」

「真是漫漫長路啊，可憐的男人們。」

「就是因為他們的愛情特別辛苦才要幫忙啊。」我靠在艾莉絲的手臂上，「下次我們四個人一起做些什麼吧，例如烤肉或是野餐之類的活動，就算我幫不上忙，妳那麼了解愛情也一定能推他們一把。」

「當然可以，我會很用力、很用力地推的。」

□

今天是葡萄汁。

托著下巴認真觀察酒保俐落的動作，偶爾華麗偶爾又不多加修飾，傾洩在酒吧內的溫柔嗓音彷彿微風撫過肌膚，我聽著冰塊撞擊玻璃杯壁的聲音，想著愛情。

「酒保先生，愛情到底是什麼莫名其妙的東西啊？」

「就是莫名其妙才會被稱為愛情吧。」

酒保的回答充滿哲學意涵，不懂，像是高中物理老師把深奧的物理講解得更加深奧一樣，比起問問題之前我更加困惑了。

明明就親身經歷過愛情。

「為什麼一臉苦惱，在想什麼嗎？」

「愛情。」望了剛走進藍屋的大叔一眼，「在想愛情。」

「有結論了嗎？」

「就是沒有才這麼苦惱。」

「某部分的愛情是不需要思考的，純粹是一種直覺。」

「直覺。」我複誦著，接著輕輕嘆息，「但是我不管是直覺還是感受力都遠低於平均值，前陣子和艾莉絲看了一部整個放映廳都被抽泣聲淹沒的電影，但我一點淚水也擠不出來，談過的戀愛也都是對方說出口才知道，啊、唯一一次是我先跨出去的，但他等了我兩年……」

「原來比我想像的還要嚴重。」

「什麼嚴重?」

「沒有。」他的指尖滑過高腳杯的杯口,「等了妳兩年的那個人,為什麼會分開呢?不想回答也沒關係,畢竟是隱私問題。」

「沒有特別需要隱瞞的。雖然他很有耐心的等候,但是貼在愛情邊緣和真正踏進愛情還是不同,至少這點我很清楚的知道。因為他一直在忍耐,所以交往之後他長久累積的感情瞬間傾倒而出,對我而言太沉重了一點,我一向是從甲地走到乙地才能到丙地的類型,所以對於才交往一個月就求婚的他開始感到害怕,不過那是我最靠近婚姻的瞬間就是。」

「如果妳答應了我就不會遇見妳了。」

「對啊,結婚之後就不會一個人走進酒吧了吧。」

酒保又悶悶地笑了。這陣子他異常關注我和大叔的對話,說不定他也隱約察覺大叔身上透著愛情的氣味,所以想從對話之中拼湊一些畫面。突然我抬起眼看向酒保,該不會酒保扮演長久以來守候著大叔的角色?!我摀住嘴,越來越超出我能應付的範圍了。

不行、雖然我也喜歡酒保先生，但我必須對小尉鄰居忠誠，何況我似乎隱約的在大叔和小尉鄰居身上都感覺到了細微的愛情。

氣味。我又想起這一點。於是我突然往大叔身上靠近，深深吸一口氣，清爽的沐浴乳香氣，一點淡淡無法形容的香，混著酒吧中微微的菸味，拉回身子我揉了揉鼻子，到底愛情是什麼味道？

「怎麼了嗎？」

「在聞味道。」

「味道？」大叔拉起西裝外套默默聞了自己的味道，「我身上有奇怪的味道嗎？」

「艾莉絲說會有愛情的氣味，但是我聞不出來。」

酒保突然噗哧了一聲，旋即低下頭忙碌的擦拭著吧檯，但我眼角的餘光仍舊瞄見他正在偷笑。最後忍俊不住只好逃到吧檯的另一端，但我發誓我還是聽見笑聲了。

「我想愛情的味道只是一種比喻，不是真正用鼻子能聞到的。」大叔像教導小學生般盡可能深入淺出的解釋，「因為是感情的一種，所以還是必須依靠感受性。」

總覺得再這樣下去會被瞧不起。

「我談過戀愛。」

「我知道。」

「不止一次。」想了想覺得應該再強調一點，「很多次。」

「我知道。」

「只是時間隔得有點久暫時忘記而已。」

「我完全明白。」

「而且我年紀比你大。」

「我知道。」大叔微微地點頭，「但是愛情跟年紀沒有關係，我不是要說妳不懂愛情，我只是希望妳知道，我從來就不在意年紀。那絕不會動搖我的愛情。」

「大叔你人真好，我也希望有人這麼對我說。」

「我是在對妳說啊……」

「好啦，我會轉告小尉鄰居，但是你跟小尉鄰居年紀差不多啊，也不必刻意強調這點。」

「為什麼提到妳的鄰居？」

糟糕，我忘了這是不能說的秘密。

「沒有。」我劇烈地搖頭，「我是說，就是、那個……我剛剛說什麼我自己都忘了，一時間也想不起來，所以就不要在意了。」

真是太危險了，一不注意就會說溜嘴。

瞄了一眼身旁的大叔，他說要送我回家的時候我沒有拒絕，雖然這條街明亮又不遠，但正好能夠讓他和小尉鄰居偶然相遇。

「為什麼突然思考起愛情呢？」

我的步伐遲疑了零點零一秒，儘管沒有帶來會影響現狀的改變，然而那一瞬間移動的失誤造成連續動作之中卡了一個缺口。正好落在胸口的位置。於是我的呼吸產生波動，並不紊亂，卻必須思考著呼吸以進行著呼吸。

「想抓住愛情必須先知道愛情的樣貌，艾莉絲說的，仔細想想之後覺得很有道理，現在的我幾乎忘了愛情的輪廓，即使哪個人遞送給我，我也弄不清那份感情究竟意味著什麼。」

「愛情的形狀非常簡單，有些時候卻又相當複雜，跟黏土一樣，即使相同主題每個人依然會捏出不一樣的造型，如果是具體的事物，例如杯子或是盤子或許能輕易分辨，但如果命題是溫暖或是快樂就必須努力的猜想，有些時候除了創造者誰也不明白。

「所以我從來不會費心去考慮愛情到底以什麼形式表現，有些時候等候是一種愛，有些時候跨越是一種愛，甚至有些時候假裝不愛也是一種愛。」他說，「妳不需要考慮那麼多，不管命題是什麼，不管創造者是誰，那些作品的本質就是黏土，所以愛情，也就只是我們心底的一種感情，偶爾劇烈的，但偶爾細微的需要仔細感受，就算是感受性不那麼好，愛情也必然會掀起足以撼動妳的波動。」

不知道什麼時候兩個人已經停下腳步，站在大樓的階梯前，他的臉龐在路燈的照耀之下顯得模糊，過於光亮所以無法辨識，然而我反而更加仔細地凝望。

他所說的字句，也許不僅僅是語言的本身，低啞的嗓音、緩慢清晰的語調，以及之中醞釀的感情，如同共鳴一般讓我的意識產生微微的震動。

有些什麼。震動的那些什麼。

我感受到了卻無法辨識，這一瞬間我彷彿聽見他的聲音，只要感受就好，於是我伸出手輕輕貼上他的胸口。

「大叔的愛情，也會讓這裡輕輕地震動嗎？」

□

把頭埋在被子裡像小烏龜一樣蜷曲著身體，右手掌心彷彿還殘留著隱約的溫度，劇烈地搖晃著腦袋，試圖把不該存在的想像甩出，卻一點用處也沒有。

我的心臟好像跳得有點快。

拉開縫隙將冷空氣深深吸入胸腔，一定是太劇烈搖晃腦袋的緣故。大叔的臉大叔的聲音盤旋著我的意識，我又縮回棉被裡，明明沒有攝取酒精卻開始意識不清。

我的腦袋裡好像有對不起小尉鄰居的不當想像。

敲了敲自己的腦袋，空氣稀薄的關係我的身體開始發熱，特別是臉頰熱得發燙，鑽出棉被我大口大口的吸氣，稍微清醒一些大叔的聲音卻又竄進意識裡。

「大叔的愛情，也會讓這裡輕輕地震動嗎？」

隱約的心跳震動著我的掌心，時間在凝望之中彷彿凍結，掌心裡有他的心跳，身體裡有我的心跳，聽不見聲音，卻突然有那麼一瞬間兩個人的心跳重合在一起。瞬間。又分化為兩個跳動。

他抬起左手將掌心覆蓋上我的手背，那是一種燙人的溫暖，然而我沒有收回手，連移動也沒有。

「這裡跳動的不只是我的愛情，還有期盼。」

「期盼。」

「我的每一個心跳裡都含著對她的期盼，每一個心跳裡我都感覺到自己的貪婪，但是在每一個心跳之後卻又提醒著自己必須放緩動作。」

「大叔期盼的是什麼呢？」

「我期盼，」他緩慢而清晰地說，「有一天我的愛情也能讓對方的心感到微微的顫動。」

顫動。

那一瞬間我的身體感到微微的顫抖。

他的身體微微傾向前，我終於看見他的表情，那是我未曾見過的神情，不只是溫柔，那之中還有更深的什麼。

突然收回右手，斂下眼意識的邊緣有些模糊，到這裡就好了，這樣說完連道別也沒有就一路奔跑上三樓。

然而我總想著他還站在那裡。

「啊——不要再想了、什麼都不要再想了……」我扯著自己的臉頰，「明天醒來就沒事了，什麼都沒發生過，地球沒有反向旋轉，明天也不會有來撞我家的隕石，對、睡醒之後就沒事了。」

所以我把自己裹成繭，開始一二三四數著羊，白色的羊黑色的羊還有毛被剃光的羊，但是突然畫面變成白色的大叔黑色的大叔還有衣服被……不行，換成兔子，吃著紅蘿蔔的兔子啃著草的兔子還有蹦蹦跳著的兔子，但是畫面又突然變成牽著小尉鄰居的大叔搭著小尉鄰居肩膀的大叔還有小尉鄰居和大叔……

猛然坐起身，我決定開始仰臥起坐，累到極點總能睡著。

10

很多時候感情並不是自己的問題，無論是愛或者不愛，即使是自身的愛情也難以隨心所欲，拚命相親的人們不管多麼想給出愛情卻伸不出手，陷在愛情泥沼中的人們縱使逼迫自己收回手卻仍舊死拉著不放，跟理智沒有關係，相反的正是和理智產生劇烈衝突的瞬間才明白愛情總讓人無能為力。

我的頭昏昏沉沉而且異常的痛，昨夜折騰到凌晨三點才闔眼，沒想到又作了非常罪惡的夢結果六點半就醒來。這一定是天譴。

好不容易撐過一天，拖著發軟的身體搭公車時還被趕著下車的禿頭大叔肘擊，雖然瞬間清醒了不少，但代價實在太痛了一點。

這一整天我的腦海中反覆轉著大叔和小尉鄰居的臉。

「小尉鄰居……」終於爬上最後一階，眨眼之後映入視野的第一個畫面居然就是他，花了幾秒鐘的時間我才確認那不是幻覺，「好久不見。」

我突然有種想深深向他懺悔的心情。

「妳忘了妳前天霸佔我的客廳還把餅乾灑了一地嗎？」

「我現在的腦袋裝不了那麼多東西。」

「那到底妳的腦袋能裝什麼？」

「你……」突然忘了自己要說些什麼。

頭開始發昏，因為不舒服所以一整天都沒吃什麼也沒特別喝水，用全身的力氣扶住冰冷的牆壁，但眼前的小尉鄰居卻開始在搖晃。短暫的閉上眼睛張開之後卻還是沒有改善，還有不到十步的距離。

於是我緩慢的移動。

「妳怎麼了？」

「沒……」才發出一個聲音右腳就發軟，緊閉雙眼等著疼痛到來，下一秒鐘承接住我的卻是溫暖的軀體，勉強睜開眼睛，「我肚子餓……」

他扶著我走進307，撐著我的身體讓我在床上躺下，側過頭望向泡著牛奶的他，無聲的嘆息從唇邊滑出。

讓我靠在他身上他輕緩地餵著我喝牛奶，其實我沒那麼虛弱，剛剛只是一時發昏而已，但人總有特別想撒嬌的時候，待在他身邊我總是特別沒有負擔。

「謝謝你。」

「真的覺得謝謝就不要再找我麻煩。」

靠著他輕輕拉著他的手，自己心裡那份顫動應該屬於他的，我曾經愛過身邊已經有她的男人，只要告訴自己既然是錯的時點無論是不是對的人都不該奢望；對那個女人的羨慕與嫉妒隨著時間隨著距離能逐漸被消化，但是我和他靠得那麼近，甚至感覺到自己對他的依賴，我的心情複雜得連描述都困難。

「我知道我常常麻煩你，但是至少，我不會攪和進你的感情。真的，我保證。」

「妳在胡言亂語什麼，把剩下的牛奶喝完趕快回去睡覺。」

啜飲著有些燙口的甜膩牛奶，眼角忽然落下透明水珠，他的手微微顫了一下卻當作什麼也沒發生，什麼話也沒說。

「我好像喜歡上一個不該喜歡的人，雖然知道必須忍耐，也相信有一天能消化掉那些感情，但是，還是感到很哀傷……」

「喜歡上了有什麼辦法，妳不要考慮那麼多，反正妳的腦袋也裝不了什麼，想怎麼做就怎麼做，要哭就哭不要強忍著，不知道妳現在要哭不哭的樣子很醜嗎？」

我的眼淚從他的聲音尾端開始潰堤，緊緊抓著他的手，汲取著他的溫暖，雖然覺得現在的自己很自私，但是我沒有辦法，沒有辦法在他的面前忍住自己的情緒。

「你要安慰人不能溫柔一點嗎……」

我彷彿聽見他的嘆息。

他伸出手將我擁入懷裡，微微的施力和輕輕的呼吸，我的愛情和他的愛情混在空氣裡，既疼痛卻又溫暖。

醒來的時候發現自己在床上，但不是我的床，是307的。

小尉鄰居修長的身體塞在雙人座的沙發裡，躡手躡腳的靠近最後蹲在他的面前，他的眉心微微聚攏，這樣不好，伸出食指輕緩的揉開糾結，凝望著他平靜的睡臉，醒著的他總是以厭惡的語調說話，但那也不過是虛張聲勢。

我們都用不同方式保護著自己。

他的睫毛微微搧動，迷濛地睜開眼，下一瞬間他突然瞪大雙眼彷彿看見可怕的畫面。猛然坐起身他狠狠地瞪視著我。

「妳沒事靠那麼近做什麼？」

「研究小尉鄰居的睡臉。」

「妳離我遠一點。」

「小薰姊姊就這麼可怕嗎？」嘟起嘴我刻意往沙發坐去，反正是姊妹淘，整個人賴在他的身上並且施力壓著他避免他跳開，「起床第一個畫面就是小薰姊姊的臉，不覺得很幸福嗎？」

「那叫恐怖。」

「真令人傷心。」我抬起頭臉幾乎貼上他的，也許是太過激動的緣故，他的雙頰泛著不自然的紅，「我知道你只是害羞。」

「走開。」

「我只是坐在沙發上而已啊。」

「梁、苡、薰。」

「要我起來也是可以，」我露出相當愉悅的笑容，「只要你喊一聲小薰姊姊就好。」

「不要。」

「不知道今天早上有什麼節目呢？因為是星期六所以可以慵懶的看電視……」

他用著比平時更加兇狠的眼神瞪視著我，早上起床做點眼球運動也好，我甜甜的笑著，等著他妥協。

「小、薰、姊……」他深深的呼吸，一次不夠再來一次，「……姊。」

我才剛移動他就以俐落的動作跳離沙發，隔著一段距離再度兇狠的瞪視著我，「回去。」

「我們都已經一起過夜了，你要這麼無情嗎？」

「誰跟妳過夜了，回、去。」

他轉身走進廚房又猛灌著冰水，望著他的背影我揚起淺淺卻有些感傷的微笑，我會努力，努力讓我們之間什麼都不要改變。

努力將自己的感情消化殆盡。

我已經好一陣子沒有到藍屋，儘管不那麼確定自身的感情卻還沒有辦法面對任何的答案，這些日子我偶爾會告訴自己，也許只是那瞬間感情的搖晃，並不是所謂的愛情，又或者是但尚未超出那道界線。

在特別安靜的時候反覆對自己說，然而我仍舊害怕，並不是害怕答案，而是害怕洩漏了感情而破壞了平穩的現狀。

我並不是一個善於掩飾或是偽裝的人。

但今天無論如何拒絕艾莉絲還是不由分說的將我拉來，她很少這麼強人所難，但我確實進來了。甚至還破壞約定點了那天沒喝的 Bellini。

艾莉絲沒有任何狩獵的動作，只是啜飲著波本酒，什麼都不打算做的時候就喝波本，這是艾莉絲體內的規則。

「特地來這裡做什麼？」

「來酒吧當然是喝酒。」她搖晃著酒杯，響著清脆的撞擊聲，「這陣子光看見妳就覺得鬱悶，既然心情不好，來借酒澆愁正好。」

還沒整理好感情因此沒有告訴艾莉絲，但這從來不是問題，艾莉絲也不那麼在意我身上究竟發生了什麼，她說，發生什麼都不重要，我看見的只有妳的情緒和妳的動作而已。

就算妳搶了別人的男朋友也無所謂，如果妳開心我就不會理會，但如果妳因此感到內疚而陷入憂鬱，那時候我會打妳一巴掌。

艾莉絲沒有打我一巴掌，但敏銳的鼻子似乎嗅聞到味道從藍屋飄出，勉強忍耐幾天之後終於按捺不住直接拎我過來。

「該解決的事就果斷的解決，沒辦法解決的事就要想辦法逃走，一直在灰色地帶晃過來晃過去只會讓人心煩而已，而且日子一久就會越來越遲疑，不小心劃到的傷口也會因為不處置而變成刻意造成的潰爛。」

艾莉絲突然站起身。

「我先回去了。」她戳了戳我的額頭，「這世界沒有誰一定要忍耐的規則，想要就伸手抓，不要就扔掉，如果想要但覺得不能要就趕快跑。」

「艾莉絲……」

「這時候裝可憐我也不會留下來。」她斂下眼，「有些時候陪伴才是一種阻礙。」

她毅然地轉身，背對著我以安靜的聲音說著。

「我知道妳不是很果斷的人，也顧慮很多人的感情，但至少在顧慮別人之前，先照顧好自己的感情。」艾莉絲停頓了幾秒鐘，「該傷害的人就得傷害，乾淨俐落的一刀才是保護對方的方法。」

然後艾莉絲就離開了。

其實我聽不太懂艾莉絲的話。

雖然明白她要我整理自己的感情，但後半段卻有些模糊，該傷害的人就得傷害，但明明得不到感情的是我，就算要橫刀奪愛也沒有辦法，我本來就不在對方考慮的範圍內。

嘆了一口氣，一口氣喝了半杯調酒。

但是認真想想，要是大叔真的和小尉鄰居談戀愛，說不定對我而言才是最好的結果。

因為是異性的緣故所以可以告訴自己「我連機會都沒有所以當然不是我的

問題」，而且人都是自私的，那麼優秀的兩個男人，與其被其他女人冠上所有格，倒不如讓他們兩個人手牽手，讓其他女人和我一起惋惜。

我還真是壞心。

不過這麼一想心底的結似乎稍微鬆脫了一點。

很多時候感情並不是自己的問題，無論是愛或者不愛，即使是自身的愛情也難以隨心所欲，拚命相親的人們不管多麼想給出愛情卻伸不出手，陷在愛情泥沼中的人們縱使逼迫自己收回手卻仍舊死拉著不放，跟理智沒有關係，相反的正是和理智產生劇烈衝突的瞬間才明白愛情總讓人無能為力。

然而就算明白這一點，我們依然把所有的一切攬在自己身上，如同刀刃一般，某些時刻能拋光愛情而顯得更加美麗，他愛上我是因為我是我的緣故，無關於賀爾蒙無關於任何前提，只是我是我而他是他。

然而施力不當的時刻，刀刃就會劃破指尖，甚至扎進皮肉之中，他不愛我都是我的問題，我的努力不夠，我奔跑的速度太慢，或是自己給的愛太過卑微因此他不願意收下。

僅僅一念之間。

但感情並不是簡單的原因能夠解釋，偶爾因為天氣，偶爾因為對方的笑，又偶爾因為那顆心早已沒有位置。

我想愛你但我不能愛你。

或許是相當卑鄙的一句話，然而某個他確實這麼對我說過，他說，一顆心無法瓜分給兩個人，即使想一邊抓住一份愛情，但是沒辦法完整的擁抱也沒辦法完整的愛，有缺口的愛情或許能被填滿，然而不放開其中一個人，我的手就合不攏。

所以在他鬆手之前我先放開了手。

啜飲了一口調酒，微甜的滋味滑入咽喉，我不喜歡思考過於複雜的事，這個世界太過難以理解，所以我總是盡可能以簡單的方式前進。

所以眼前的愛情很簡單，即使我伸手也無法觸碰，那麼無論如何都不要伸手。

安靜的待在旁邊就好。

「酒保先生我可以續杯嗎？」

「妳不是答應秉澤不喝酒嗎？」

「太聽話的女人沒有魅力。」我把酒杯推向前，雙手合十做出連自己都感到有些羞恥的可愛表情，「拜託……」

「那妳要假裝那是裝在酒杯裡的果汁。」

「好。」

「你們在進行什麼交易？」

做壞事的時候總有教官會出現。高中時我就徹底領悟到這一點。

「大叔為什麼每次都偷偷出現？」

「大叔？」

我聽見的不是大叔的聲音，而是另一道語氣有些嬌柔的女聲，順著聲音我看見大叔身後站著一個有著浪漫長捲髮、穿著將曲線展露無遺的紅色連身裙、勾著玩味微笑的女人，成熟又美豔，是和我截然不同的類型。

「學長已經被喊成大叔了啊。」她露出風情萬千的淺笑，「妹妹妳可千萬不要喊我大嬸呢。」

學長？所以這女人是大叔的學妹，然後她叫我「妹妹」，嗯、雖然有點心虛但我決定不要改變現狀。

「小薰，這是我大學學妹，Sunny。」他轉向身後的女人，「這是小薰。」

Sunny？使用英文名字是美豔型女人的前提嗎？想想我從來沒有認真問過艾莉絲這件事。

晴天女往前移動一小步，將身子傾向前幾乎貼上大叔的手臂，大叔似乎想往左邊靠卻被椅子阻擋，他的臉上有微小的緊繃，望著我似乎希望我不要誤會。

放心，我不會誤會，雖然胸口有點揪緊又有點想把晴天女從大叔身上拔開，但我會忍耐，也會替小尉鄰居忍耐，並且絕對不會告訴小尉鄰居。

我會好好守護大叔和小尉鄰居的愛情。

「先坐吧。」

晴天女在我左邊坐下，大叔只好在她的左邊坐下，我當然明白她是為了阻隔我和大叔，但我感到些許的同情，這個女人表現得如此明顯，連我都感受到了，但大叔的心底已經放進小尉鄰居，無論多麼努力都沒有用。

這麼一想我就對她稍微有一些好感了。

「Sunrise。」女人說，連酒都要和太陽有關係。「學長也喝一樣的吧。」

對、妳就繼續努力吧，雖然不會有用處但我不會阻止妳。

「給小薰果汁吧。」隔著晴天女大叔看了我一眼，儘管燈光昏暗但我仍舊精準無誤的接受到之中的威脅意涵，「違反約定總要付出代價。」

晴天女瞄了我一眼，雙手輕靠在桌面上，看似不經意卻完美的遮擋住我和大叔的對望。側過頭看了她一眼，謝謝妳拯救我。

雖然有適合當壞女人的外表，但沒想到是個好人。

酒保的臉部線條又有些無法克制，收走我面前的酒杯換上水蜜桃汁，重複了，雖然想這麼說但他似乎正奮力忍耐著什麼我就打消了念頭。

「以前常常和學長來這裡呢。」女人用著嫵媚而緩慢的語調，小聲卻清晰，「真希望回到天天和學長膩在一起的日子。」

原來晴天女是大叔的姊妹淘啊，剛剛還以為她對大叔有好感，原來是想霸佔好朋友的心思，既然如此為了小尉鄰居我更應該和她打好關係。所以我參考咪咪的表情露出非常友善的微笑，她看見我的時候愣了一會兒，隱約地皺起眉最後喝了一口酒。

真奇怪酒保先生又摀著嘴巴跑走了。

說出來也沒有關係。這個城市裡幾乎不存在這句話語，因而我們下意識搜尋著能夠釋放自我的場域，徹夜狂歡的人，攝取酒精的人，躲在屋裡看著悲傷電影流著眼淚的人，我們只是想暫時逃離這個世界。

「妳跟秉澤學長是什麼關係？」

大叔接到來電才剛離開座位，晴天女就側過頭將視線定格在我臉上，微微瞇起的眼散發著嫵媚的風情，低下頭我開始檢討自己，明明角色應該對調，卻徹底被當作小女生了。

不過她主動搭話應該是一種友善的表現，於是我又抬起頭給她一個淡淡的微笑。

「在這裡認識的，雖然還不是很熟但現在正慢慢變熟。」

「是嘛。」

晴天女用著我完全學不來的方式優雅地啜飲著調酒，彷彿在思索些什麼，隔了一段時間都沒有說話，納悶的望著她的側臉，也許她不是擅長說話的類型。

那麼我來好了。

「妳是大叔的學妹啊，所以也是律師嗎？」

「不是。」她的表情斂了下來，微微低下頭凝望著酒杯中的液體，「我中途放棄了。這不是一個簡單的職業，與其在事務所熬上五年十年，倒不如到我爸的公司工作。」

她突然看向我。

「就是因為放棄才會離開他，覺得沒能堅持和他一起往夢想前進是一種背叛，所以從他的身邊逃開了；但是經過這麼多年，也和其他男人交往之後，我終於想通了。」她說，「也許他能理解我的放棄，但我選擇離開才是真正的背叛。我不是因為感到愧疚，而是害怕面對一步一步朝夢想前進的他，只要看見他的臉就會想起自己的懦弱。」

對於她突然的自白我感到有些訝異也有些措手不及，或許是因為體內的酒精微微發酵，又或許是身處於酒吧的緣故，不僅僅因為燈光昏暗或者離開之後就不會再見到對方，而是這裡彷彿傾洩著一種聲音，說出來也沒有關係，偶爾會聽見這樣的聲音。

說出來也沒有關係。這個城市裡幾乎不存在這句話語，因而我們下意識搜尋著能夠釋放自我的場域，徹夜狂歡的人，攝取酒精的人，躲在屋裡看著悲傷電影流著眼淚的人，我們只是想暫時逃離這個世界。

不知如何回應於是低頭喝了一口水蜜桃汁，香甜的氣味繞在鼻端，我看著自己的指尖，想著她方才說的話。

然而她還沒有說完。

「所以我回來了。」我抬起頭迎上她堅定的目光，「即使必須為自己的叛逃贖罪，即使會時時刻刻想起自己的懦弱，我也還是想待在他的身邊。」

「妳真是勇敢。」

我說。她似乎稍稍愣住，接著用我不大明白的眼神注視著我。

「妳明白我在說什麼嗎？」

「當然明白。」就是她想重新開始過去的那段感情啊。

「妳……」晴天女的話語被大叔突然出現的身影截斷，她收回視線對大叔扯開微笑，「學長拋下我一個人，是不是該補償我？」

「今天我買單。」

「女人的等待無法那麼輕易被打發喔。」她托著下巴，身體往大叔的方向傾，「暫時想不出來，就留到下次吧。學長你啊，要做好心理準備喔。」

看時間差不多是離開的時候了，但一整晚晴天女都以巧妙的姿勢阻去我和大叔對話的可能，這也是能夠理解的事，如果艾莉絲身邊突然出現另一個好朋友，我也一定會吃醋。

那就偷偷離開吧。

安靜的向酒保揮了揮手，他稍稍點頭示意，我太低估大叔和酒保的默契了，儘管是如此隱微的動作，大叔還是發現我準備離開座位。

看了一眼默默無語的酒保，或許他就是這樣日復一日守候著大叔，只是等待並不會讓人得到愛情，儘管小尉鄰居的出現是那麼突然而短暫，然而愛情就是瞬間被燃起的火花。大叔真是個罪惡的男人。

「要回去了嗎？」

「嗯。」我輕輕點頭，「有點晚了，明天還要上班。」

「那我……」

「我也該回去了，學長會送我回家吧。」

晴天女撒嬌地揚起嘴角，注視著他和她的對望，儘管只是瞬間，我的心微微揪了一下。斂下眼我拿起包包，抬起眼的同時臉上也掛著明亮的笑容。

「那大叔跟大叔的學妹也早點回家吧。」我把快掉下來的嘴角又使勁往上推，「晚安。」

我一點也不擅長假裝，所以在情緒洩漏之前我快速的轉身，深深吸一口氣然後跨出右腳，接著是左腳，出口就在眼前，我挺直著身體卻不自覺地斂下眼，只剩一點點了，走出那扇門之後，就能把大叔暫時留在原地了。

「小薰。」

踏出門的瞬間我的左手臂被輕輕扯住，側過身我看見的是大叔的臉，忘記所有動作就只是愣愣地凝望著他，隔了好一陣子我才想起他不應該來到我身邊。

這樣晴天女會難過，看見自己的姊妹淘走向另一個朋友無論多麼坦然都會暗自悵然。

然而這瞬間，竄進我腦海的想像並不那麼單純，我將大叔視為一個男人，將晴天女視為一個女人，眼前這個男人拋下了另一個女人來到我身邊。

他在這裡，而不是在那裡。

儘管有一絲感動和開心在我心底綻放，但這樣的想像並不被允許，我想著小尉鄰居，努力鎮定下來。

接著揚起淺淺的微笑。

「大叔怎麼突然跑來，我又有什麼東西沒拿嗎？」

「不是。」他似乎想說些什麼卻仍舊沒有，「只是沒有和妳說再見。」

安靜的凝望著他，我的心又開始動搖，一整晚因為晴天女的存在讓我不陷入自身的情感之中，然而這瞬間，除了凝望之外什麼也沒有的這瞬間，我發現自己除了他之外什麼都看不見。

細微的顫動從身體內部傳來，不鼓譟，也不足以晃動整個世界，然而無法被忽略。

我突然回想起被彌封在記憶當中的愛情，還不到愛的程度，喜歡，也沒辦法肯定的這麼回答，但是我明白，自己正踩著那條界線，線的另一端屬於愛情。

我還有選擇的餘地。

於是我緩慢的收回右腳，讓自己離開那條界線。

「這有什麼關係，快點進去吧，大叔的學妹不是在等你嗎？千萬不要讓女人等太久，不然會有可怕的報復等著你喔。」

「Sunny，就只是我的學妹而已。」

「我知道。」我知道你心裡只放得下小尉鄰居而已，我才不會胡亂造謠。「快進去吧，我也該走了。」

他拉著我的手沒有鬆開反而微微施力，望進他深邃的黑眸那之中有我的倒映，我的身體感到一股難以抑止的顫動，愛情，那一瞬間我的意識彷彿被某些什麼強烈的撞擊，想甩開他的手卻敵不過他的堅定。

「我知道自己是個不足的人，但絕不是三心二意的人，」他說，「雖然需要一點時間，但是我不會因為哪個人而動搖我自己的愛情。」

「我不明白你為什麼要對我說這些……」

「不明白也無所謂，至少現在沒有關係。」他終於鬆開手，「我只是希望讓妳知道而已。」

縮著身體坐在椅子上，雙手捧著溫熱的牛奶小口小口地喝著，不想一個人待在屋子裡，想起小尉鄰居卻又怕看見他的臉，在做好心理準備之前任何無心的動作都可能導致無可挽回的失誤，因為小尉鄰居是很重要的朋友，所以必須仔細謹慎。

近百台頻道轉了一輪又轉了第二輪最後還是關上電視，按下按鈕的瞬間彷彿燈光熄滅一般所有聲音瞬間消失無蹤。

這種時候我總是分不清安靜與沉默的差別。

一口氣喝完牛奶，體內有某些什麼隨著牛奶緩慢地融化，我想著大叔走回藍屋的背影，儘管只是一瞬之間的閃現，卻讓我的視野產生大面積的光點。

說完再見之後我旋即轉身背對他，有短暫幾秒的停頓，呼吸中混雜著各式各樣的氣味，因為逆風的緣故因而那之中沒有含帶任何一點他的存在，所以我放心的大口呼吸，然後前進。

走了幾步的距離我還是克制不住回頭了。

民間故事裡過奈何橋的時候千萬不能回頭，日本鬼片裡半夜在走廊聽見陌生聲音時絕對不要回頭，電影裡必須分離的兩個人無論如何都不能回頭，這是一種告誡，因為回頭是一種猶豫，因為回頭看見的不會是自己期盼的風景，因為回頭，會看見自己想要卻不能要的人。

猛然站起身用力地甩了甩頭，不是，我一點也沒有想要大叔的意思。

走到流理台刷的一聲旋開水龍頭，冰冷的水柱毫不留情的帶走我的溫暖，微微地打顫，關起水，我聽見門鈴響了起來。

望了一眼牆上的掛鐘，已經是晚上十一點多這時候出現的會是誰？

也許是小尉鄰居。

擦了擦手往門的方向走去，來訪的人似乎一點耐性也沒有瘋狂按著門鈴，我一直都不知道，原來連續按著門鈴在裡頭聽起來會如此讓人煩躁，我對不起小尉鄰居，還誤會他忍受力太低。

拉開門，我立刻認出門外的人，但她根本不應該出現在這裡。

「妳、妳怎麼知道我住這裡？」

「跟蹤學長來的。」

「大叔不是送妳回家嗎？」

「看著他追在另一個女人後頭，誰能忍下這口氣，所以我就生氣的自己離開了。」我緊緊抓著門，盯著她看起來非常銳利的紅色指甲，「後來想想就這樣離開等於錯失了一次機會，所以回頭找他，但他卻走往他家的反方向，雖然很討厭自己的直覺，但看到他站在這扇門外好一陣子，我就知道裡面一定是妳。」

大叔站在我家門口做什麼？

說不定是晴天女搞錯 305 和 307 的門了。

但這不是重點，重點是晴天女散發的氛圍和在酒吧裡判若兩人，現在的她充滿敵意，就算她突然伸手攻擊我都不讓人意外。

所以我很用力的捍衛著自己的門。

「妳要讓我一直站在門外嗎？」

「我媽說過不能讓陌生人進門。」

「不然妳出來。」

「我不要。」

晴天女露出兇狠的眼神，不是小尉鄰居那種，而是真正具有殺傷力的瞪視，她具有攻擊性的右腳尖不耐煩地踏著地板，她的黑色高跟鞋鞋跟上有可怕的鉚釘。

我仔細衡量著情勢，最後還是決定讓她進門。

拉開門她絲毫不客氣的走進，我終於明白小尉鄰居為什麼會用力的甩門，但我依然輕輕帶上門，這時候必須排除任何激怒她的可能，看著已經坐在椅子上的晴天女，挑了離她最遠的位置，然後坐下。

「所以，妳特地來找我有什麼事嗎？」

「我說過我要重新開始我的愛情。」

看她的模樣百分之一千不是來找我商談，但除此之外我找不到任何她硬闖我住處的理由，所以我很虛心地問了。

「然後、呢？」

「所以妳不要來礙事。」

「為什麼會覺得我礙事？」我皺起眉突然覺得自己非常無辜，「我又不認識那個男人。」

「妳剛剛在酒吧裡不是說妳都明白了嗎？」

「嗯。」我點頭。大意是她想要重新挽回某個前男友，我的中文理解能力應該不差，但現在我突然不明白了。

「所以妳現在是在耍我嗎？」

「沒有。」我才不會沒事招惹攻擊能力很強的生物，特別是女人，「我真的不知道那個男人是誰。那個、大叔的學妹啊，我們今天才第一次見面，我怎麼會知道妳喜歡的人是誰。」

她的手緊緊抓著手拿包，鮮豔的紅色指甲增加了施力的緊張感，我瞪大雙眼盯望著她，一邊注意她身旁任何可以扔擲或者當作武器的物品。

「我說的那個男人就是秉澤學長，妳，離他遠一點。」

我的動作凝結在半空中，很仔細的看著晴天女，確定她不是在惡作劇，接著我皺起眉，看樣子她還不知道大叔其實不喜歡女人的殘忍事實。但總要有人告訴她。但是她好可怕。我緩慢的呼吸，在第三個起伏之後我終於下定決心。

「妳、還不知道嗎？」

「知道什麼？」她猛然站起身，我嚇了一跳整個人貼在椅背上，「你們已經在一起了嗎？」

「不是我……」

「還有其他女人嗎？」

「沒有其他女人，只是……」已經有小尉鄰居了。

「妳能不能乾脆一點，拖泥帶水的真的讓人很火大。」

「大叔他喜歡男人不喜歡女人。」

用著異常快速的方式念出這段話，晴天女果然僵在原地，最後默默的坐下，一臉不可置信的盯著我。

「誰告訴妳的？」

「這種事不需要誰來說啊……」我突然止住話，「我絕對不是說妳遲鈍，大概是妳太喜歡大叔了，所以沒發現事實而已。我知道一時間很難接受，但是……」

「妳是白癡嗎？」

「什麼？」出現了，對於不願意接受的事情產生強烈的否定，這是典型的反應。

「秉澤學長絕對不可能喜歡男人。」

我嘆了一口氣，雖然想拍拍她的肩膀安慰她，但又怕她突然失控攻擊我，所以只能在遠處表示理解。

「有些事總要花一點時間來接受……」

晴天女狠狠瞪了我一眼，接著用冷冷的語調丟出話語：「我跟他談過兩年的戀愛，他是不是男人我比妳還要清楚。」

我的腦袋忽然一片空白。

她和大叔曾經是戀人。這個事實猛然撞擊進我的意識，眨了眨眼花了幾秒鐘消化，原來大叔不僅愛男人，還能愛女人。

「就、就算是這樣，大叔心裡已經有另一個人了，不管妳有多愛他，不、正因為愛他才應該退讓。」

我說過要好好守護小尉鄰居的愛情。

「妳是說秉澤學長心裡已經有一個人，而且是男人？」

「嗯。」我用力地點頭。

「絕、對、不、可、能。」她幾乎失去理智，雖然有一種她不是針對事實而是針對我的感覺，但大概是錯覺。「誰都有可能喜歡男人，但是他不會。」

「事實不管再怎麼否認仍舊是事實……」

「好啊，那妳去問他啊。」我劇烈地搖頭，「不要？那我問。」

晴天女以迅雷不及掩耳的速度拿出手機，等我反應過來她已經撥出並且按下擴音鍵，鈴聲清楚的迴盪在屋內。

「是Sunny嗎？」

「學長，你是同性戀嗎？」

「妳突然在說什麼……」

「到底是不是？」

「當然不是，妳特地打電話來問這種問題嗎？」

「因為我聽見，」她冷冷地瞄了我一眼，「藍屋的酒保告訴我，你最近喜歡男人。」

大叔的嘆息聲清晰的傳來。

「大概他又在惡作劇了，如果我喜歡男人，我會直接這樣告訴妳。」

我的腦袋再度一片空白。

12

「如果我靠近，妳會推開我嗎？」

推開。一時間我無法準確理解他的問題，不推開他就必須維持著這樣的姿勢，假使他更靠近一些兩個人就會貼靠在一塊兒，儘管我和他沒有曖昧的空間，然而這一刻，我卻把他當作一個男人看待。

大叔其實是個男人。

當然他在生理上一直都是個男人，但我沒有意料到他在情感上也是一個男人，而且不是特殊的那種，是傳統概念上的那種。

那瞬間我有一點慶幸，還來不及思索自身的感情旋即又想到小尉鄰居，他的戀情還未綻放就註定凋落，這下該怎麼辦才好？

我決定先提供小尉鄰居溫暖的陪伴。

所以我走到 307 的門前，這次我非常溫柔地按著門鈴，而且只按了一下。

他緩慢地拉開門，似乎對於門外站的人是我這件事已經視為日常，逕自轉身入內，跟在他的身後我小心翼翼的闔上門，自動自發的在沙發右側坐下。

「小尉鄰居。」我小小聲地喊著，他沒有任何動作似乎沒有聽見，「小尉鄰居……」

「妳又闖了什麼禍，喊得那麼心虛？」

凝望著他，眼前這個男人自尊心份外的強，即使受了傷也只會獨自躲起來舔舐，也許會假裝什麼也沒有發生。咬著唇，我從來就不懂如何應付這樣的情況。

「我只是、只是想找你聊天啊。」我扯開有些失敗的弧度，最後決定東張西望避免和他對望，「最近啊，我一直在思考關於愛情的問題，所以想知道你失戀的時候通常會怎麼調適……當然，只是幫助我思考而已，沒有任何其他意思，絕對沒有。」

「毀掉讓我失戀的那個人。」

猛然將視線定格在他的臉上，毀掉，先閉上我來不及闔起的嘴巴，嚥下口中的唾液，我凍結的思考慢慢開始轉動，毀掉，我試圖從前後左右甚至上下裡外來解讀這個詞彙，但無論如何善意闡釋都不是多麼正面的意義。

我不知道小尉鄰居然是玉石俱焚的類型。

「但、但是戀愛不是哪個特定的人的問題，我是說，當然有人橫刀奪愛是一回事，有些時候對方就是『沒辦法』愛你，就是、『沒辦法』，我想你應該特別能了解這樣的狀況吧。」

「妳到底想說什麼？」

「就、就只是找你聊聊愛情的問題啊，姊妹淘不都會這樣嗎……」

發現的時候他已經走到我面前，並不是慣常的那個人，沒有任何表情不發一語的注視著我，沉默，能清楚感受到在彼此之間延長的不是安靜而是沉默，時間彷彿凝滯在某一個我還來不及明白的瞬間，唯一的動作僅有緩慢的眨眼以及幾乎被遺忘的呼吸。

忽然他伸出右手，眼底閃現著難以言喻的什麼，指尖幾乎觸碰到我的臉頰，能感受到某種意識性的熱度，然而下一秒他抬高手戳了我的額頭。

「失戀就失戀，得不到的就拋掉，我沒那麼多時間去毀掉其他人。」他又戳了我幾下，「怎麼，自己沒有愛情可以煩惱就想煩惱別人的愛情嗎？」

是平常的小尉鄰居。

「我只是想讓你知道，不管怎麼樣我都會陪在你身邊。真的。」

他深深地凝望著我，彷佛正反覆咀嚼我的話語，將承諾說出口或許是一件輕易的事，然而並不是每個承諾都能夠被履行，我們都知道這一點。

有些人，總是太過容易地許下承諾，無論是細瑣的日常，或是「我會永遠愛你」這類過於艱困並且必須付出人生的允諾；在我們的生命中有太多難以辨認的承諾，於是太過輕易陷入灰色領域，懷疑著同時相信著，想拋棄卻又捨不下可能性，然而無論如何承諾的起始總會讓人感到安心，所以儘管不確定自己能否履行，又或者打從一開始就知道辦不到，我們還是說出口了。

對方的生命中因而多了一處落空的缺口。

儘管這不是簡單的承諾，然而我說了，就會讓它成為踏實的平地。

「不管怎麼樣都會陪在我身邊……？」

「嗯。」我用力點頭，「我沒有誇大的意思，也知道一定會有不足的地方，但是我會盡可能做到，因為是我對你的承諾。」

「妳不知道承諾是不能亂給的嗎？」

「所以我很認真的給啊。」

「梁苡薰。」他的指尖抵著我的額際，雙眼緊緊注視著我，「我每一個字都記下來了。」

他說。緩慢的。帶著某些我無法確實捕捉的什麼。

「我沒有打算靠近，但是妳，卻一直走過來。」

眨了眨眼，突然他收回手轉身移動了幾步在沙發的左側坐下，隔著足以填進一個人的空位，這是我和他第一次同時坐在這張沙發上。

我的意識被微微扯動，眼前的畫面彷彿帶著隱喻，然而我卻抓不到線索。我仔細想著。

也許是小尉鄰居終於願意和我好好培養感情的微小訊息。

「就是因為小尉鄰居太害羞了，所以小薰姊姊當然要努力往你身邊靠啊，人都是要互補的嘛，像我跟艾莉絲個性也完全不一樣，還不是變成感情最好的姊妹淘，所以我們一定能變感情很好的姊……」暫時屈服於他兇狠的瞪視，改變詞彙無損意義，「很好的朋友。」

毫無預警的他將身體傾向我，不自覺屏住呼吸，心跳似乎因為驚嚇而微微加快，我稍稍往後退卻發現無路可退，只能維持著不符合人體工學的微妙姿勢，等著他下一步的動作。

「如果我靠近，妳會推開我嗎？」

推開。一時間我無法準確理解他的問題，不推開他就必須維持著這樣的姿勢，假使他更靠近一些兩個人就會貼靠在一塊兒，儘管我和他沒有曖昧的空間，然而這一刻，我卻把他當作一個男人看待。

我感覺雙頰微微發燙。

「我、我是不會推開你啦，但我的腰可能會扭到……」

小尉鄰居突然扯開了單邊的嘴角，不是嘲諷，但有一些無奈。無奈。我不明白。

他拉回身子站起身又走回電腦桌坐下，滑動滑鼠繼續他方才的工作，再度無視我。算了。剛拿起遙控器轉開電視之前他的聲音飄落而下。

「不會推開。」他還是盯著電腦螢幕，我分不清他是在對我說還是自言自語，「就算妳聽不懂我還是當作那是回答了。」

這陣子總感覺有些微妙的緊張滲進我的呼吸裡。

去藍屋的次數少了，按 307 的門鈴次數也減了，以為是工作進入忙碌其實的緣故，但我還是天天見艾莉絲，天天看電視，偶爾讀邵謙的小說，偶爾被咪咪拉著在公園跑，除了疲倦了一點、晚下班了一些，生活並沒有太大的改變。

被輕輕扭動的只有關於大叔和小尉鄰居的部分。

不該以男人來看待的兩個人我卻不小心視為男人，儘管只有一瞬間，然而這世界上有許多事物的扭轉都是從一個瞬間開始，我的身體內部有些什麼正用著小小的弧度晃動著，我試圖消化，但在聽見大叔其實愛的是女人之後，這些纏繞在一起的絲繩被反向扭絞得更緊，並且一點一點被推往無法消化的區塊。

彷彿那些用以說服自己的理由忽然被消弭，他不能愛女人所以不要妄想，他心底已經放了小尉鄰居所以不能奢望，這些字句有如融解一般模糊在意識之中，於是那些妄想那些奢望開始從縫隙鑽出，爬上我的肌膚。

這時候想起的總是小尉鄰居。

我分不清究竟是我的雙眼前被擺了濾鏡，因而看見不同的光景，或者是他的動作裡摻入細微而確實的改變，在廊上遇見的時候他偶爾會扯開淡淡的微笑，如曇花一現，然而曇花綻放後的香是一種無可忽視的證明。

我開始將他視為一個男人來看待。

起先總試圖闖進那半步之間的距離，毫不在意的拉扯著他的雙手，沒有多餘考慮的靠在他身上；然而我開始拉開一步的長度，並非刻意，只是沒辦法安穩的維持起初的平衡。

拉開距離之後我卻突然發現，他的輪廓變得更加完整，遺漏的部分被慢慢填補，藏在裝腔作勢下的溫柔也逐漸浮現，靠得太近而錯失的畫面被彌補之後，我開始感到猶豫。

嘆了一口氣，放下手上的森村誠一《人性的證明》，人性，我不喜歡看推理小說，必須從頭到尾耗費腦力太過辛苦了一些，但是這幾天我跑到附近圖書館抱了一大疊推理小說，不是為了鍛鍊腦力，相反的是希望把腦細胞盡可能的消耗，直到不會胡思亂想的程度。

門鈴響了。

緩緩走向門的方向，拉開門是管理員大叔送信過來，雖然門口放了箱子也寫了「請將信放置此處」但他仍舊堅持親手遞交，說不定會有一封絕對不能被弄丟的信，有一次他這麼說，似乎是某間房的主人在等著的信。

「謝謝。」

「這陣子比較少去隔壁，」他瞄了一眼307的門，「吵架了啊？」

「只是最近工作比較累所以待在家休息，還有，我跟小尉鄰居真的不是……」

「唉啊，年輕人吵架最難的是低頭，來、307的信給妳，只是拿信不是低頭，嗯，要和好啊。」

然後管理員大叔就自顧自的走了。

低頭望向手中的信，也許，我想不起的就是能毫不顧忌走進他房間的理由。

「管理員大叔要我把信拿給你。」

「妳最近很安分。」

他沒有伸手接過信，卻開口說了話，我的眼神有些飄忽，找不到適當的落點最後盯著他襯衫上的第三顆鈕釦。

「姊姊我工作也是很忙的……」

「不要再自稱姊姊了。」

「我本來就——」

「梁苡薰。」他把手放在我的頭上，沒有特別施力卻無法忽視掌心的存在，我的身體突然有些僵硬，瞪大雙眼死盯著鈕釦，「我不喜歡。」

「那你、你……」咬著唇我無法正常思考，緩緩呼吸之後終於找到透著微光的縫隙，「那你以後叫我小薰就好，姊姊就不用了，但反正你也從來沒有這樣喊過我。」

他鬆開手。

「那、那我先回去了。」

沒有看向他彷彿闖了禍一般跑回房間，靠著門板我的呼吸異常急促，雙頰正不斷升溫，沒辦法理解，不是小尉鄰居而是我自己，沒有特別親暱的動作，也沒有格外引人遐想的言語，失去正常運作的人是我。

不對。

我仔細思索著自己的反應，各種徵狀符合闖禍之後的心虛反應，但我什麼也沒做，蹲下身我把右臉頰貼在冰涼的門板上，低溫讓自己稍微清醒一些，同時腦中竄入另一個可能。

害羞。

衝到浴室裡認真盯著鏡子裡自己的倒映，害羞，不可置信的望著自己的臉，又確認了一次，頰邊確實有尚未褪盡的紅暈，偏著頭我伸出食指想戳戳看對面那個女人，卻被冰涼的鏡面阻隔。

我以為自己這輩子不會再和害羞這兩個字有任何牽扯，二十八歲生日那年艾莉絲讓我徹底明白這一點，但是剛剛，就是剛剛，我，害羞，了。

真是不可置信。

而且對象居然是小尉鄰居不是大叔。

大叔？

為什麼這時候會突然想起他？

走出浴室又走回門邊這次把左邊臉頰貼上去，冰，不久之前某人好像才對大叔有不應當的想像，而這個某人似乎是我，隔了一陣子我的心就從左邊飄移到右邊，不是，我不是這樣三心二意的人。

想不透，完全亂七八糟了。

□

「我該怎麼辦才好？」

跪坐在艾莉絲床上一邊看著她從美豔的女人變成清秀的路人，她卸著左眼用還帶著妝的右眼看了我一眼，嘴角勾起幸災樂禍的笑容。

「不是兩個都是同性戀嗎？不管喜歡哪一個都沒戲。」

「大叔好像不是。」我皺著鼻子瞇起眼看她，「最近也越來越不覺得小尉鄰居有那樣的傾向，可是又說不定是我個人成見……」

「那兩個人，百分之百是男人。」

「這我也看得出來。」

艾莉絲瞪了我一眼，「我是指性向。」

「所以小尉鄰居也……」

「真不知道妳的小尉鄰居怎麼能忍受妳那麼久，」她換了卸妝棉把手伸向右邊，「那、妳想怎麼辦？」

「這不是我剛剛問的問題嗎？」

「這樣好了，男人就像工作一樣，分成想要的工作、可以接受的工作，還有捧到面前都不想做的工作，所以妳就先排出大叔和鄰居的順位，先對一號告白，成了最好，失敗了還有二號後補。」

「感情才不能排序咧。」

「妳以為妳是青春期的小少女還是燦爛明亮的女大生，感情是感情，戀愛是戀愛，將來如果要生活又是另一回事，這世界前後左右都寫著現實兩個字，妳都已經活了三十幾年了，還想說那麼天真的話嗎？」

沒辦法反駁艾莉絲。

望著她的側臉，曾經我希望自己能永遠保有天真單純的心思，然而一步一步往前走，那些單純逐漸被磨損；從前無法接受的事慢慢習以為常，不喜歡的工作不能不做，別人挑釁的話不得不忍，還愛著的人卻走不下去，想要的卻不能要，曾經喊著不公平或是試圖去爭取一切的火花日漸熄滅，我以為這就是成熟，我以為這就是所謂的成長，但這只是我們在漫漫長路裡尋找到的一條能夠比較輕鬆的路徑。

我不想要的人生卻逐步朝我逼近。

「其他的事也就算了，但是感情不是我一個人說了就算啊。」

「那好。」艾莉絲把卸妝棉扔進垃圾筒，清秀的臉龐卻仍舊是銳利的眼神，「不要管排序，妳總要知道第一順位是誰吧。」艾莉絲揚起得意的微笑，站起身居高臨下的望著我，「妳最好果斷一點，就算妳能耗，人家也不會等，依我判斷，現狀是妳的愛情冒了出來，但對方還沒有感覺，妳如果不做點什麼，誰知道妳久違的愛情又要等到何年何月才會長出來呢。」

「妳不能有一點同理心嗎？」

「不只同理心，我連同情心都沒有。」

他突然將我擁入懷裡，我動彈不得只能僵在原地，他的溫度緊緊包覆著我的身體，我幾乎就要融解將頭靠上他的肩，我拚命抵抗這樣的心思，直到他終於鬆開我。

艾莉絲做了個很殘忍的舉動。

她勾起笑，在我的玻璃杯裡斟滿啤酒，用眼神說著「喝吧、不用太清醒」，我才剛要伸手就被制止。

小尉鄰居伸手壓住我的動作，大叔皺起眉盯著我瞧。

放下啤酒我改拿隔壁的梅子綠茶，低下眼像乖巧小女生一般啜飲，其實我很想大口灌光比較乾脆，但那不是酒精不會讓人暈眩，充其量只會脹氣而已。

我還沒好好消化眼前的畫面。

沒有走錯這裡是我自己的房間。

剛下班一出公司大樓就看見艾莉絲的身影，她的穿著一向顯眼根本無法忽略，什麼也沒說就拉著我買了一堆食物，她總是進行著非常嚴格的飲食控管，我手中提的食物量也絕對無法由我一個人消化完畢，但無論怎麼問她都乾脆的略過，最後跟在她身後抵達的是我家。

我一度還擔心說不定是自己不經意惹惱她，所以她想採用私刑，正要探她口風時門鈴響了，開門，她說，拉開門我看見的不是誰，而是兩個誰，並且正巧是在我意識左邊右邊交互盪來盪去的兩個男人。

小尉鄰居把兩罐兩公升的飲料塞進我懷裡，我還沒反應過來他已經進到屋內；大叔接過我懷裡的兩罐飲料，同樣趁我不備走進屋內。我能做的只有關門。

於是小尉鄰居坐在我的右手邊，大叔坐在我的正對面，艾莉絲則在對角線愉快地喝著無糖綠。

「艾莉絲，可以陪我到廚房拿點東西嗎？」

「鄰居你去吧。」

「怎麼能讓客人幫忙呢。」我瞪著她嘴角勉強維持著弧度，「艾莉絲。」

她不情願的站起身，走到廚房我立刻扯住她的雙臂，「完全不敢置信，我到底哪裡對不起妳還是我又做錯了什麼，妳要這樣對我？」

「不要演鄉土劇。」她瞪了我一眼，「一起吃個飯而已。」

「妳會找妳的男朋友和外遇對象一起吃飯嗎？」

雖然比喻有些失當但感覺應該差不多。

「會啊。」瞬間我僵在原地，「很刺激呢。雖然兩個人都知道對方的角色，但為了不戳破現狀所以私底下進行角力，妳想問為什麼，因為他們都知道，不管是哪一方都無法獨佔我，所以只能忍耐。」

「我到底有多不了解妳……？」

「我的愛情和我整個人都不相關，而且現在也不是男朋友和外遇對象的晚餐，是狩獵大會，妳、的。」

「我不是肉食性動物。」

「那好吧，改成採花活動也可以。」

「根本不是名稱的問題。」是活動本身就不正常。

「不管是想知道哪一個人才是替自己愛情澆水的人，或是哪一個人比較好下手，都需要確認。各自獨處的時候，因為被『獨處』這個情境限制住，所以感情也會被扭曲或者放大，漆黑一片的時候即使妳根本不喜歡拉住妳的手慢慢找尋出口的人，也會有一瞬間的心動和緊張。」她揚起笑容，前面說了一串這個頓點之後才是重點，所以我等著。「而且，我討厭麻煩也不喜歡拖延。」

這才是重點。

晚餐其實一點也不驚險，和我腦中的小劇場相比這一整晚幾乎可以稱上無聊，艾莉絲和大叔從智慧型手機聊到核能問題，小尉鄰居偶爾搭腔幾句，我沒有說多少話，事實上也沒有人在乎我的安靜。

沒有感到被冷落，只是有一點無法進入狀況。

說不定藏在我體內的愛情根本沒有萌芽，那些緊張與躁熱只是錯認，無論是大叔的體貼或是小尉鄰居的炙熱，我的視線來回在兩個男人之間，我還是覺得他們兩個比較合適。

特別是清晨兩個男人一起從床上醒來的畫面，沐浴著日光的光滑肌膚、雕刻般的線條，以及在被單下若隱若現的……

搖了搖頭，不行、這不是適當的想像。

「妳又在做什麼？」

小尉鄰居戳了戳我的額頭，抬起眼突然發現他靠得好近，瞪大眼我的心跳開始加快，低下頭灌了一大口梅子綠茶，杯子空了之後我把手伸向隔壁顏色差不多的那一杯，碰觸杯壁的瞬間手腕被溫熱的掌心覆蓋，視線順著那隻突來的手，迎上的是大叔如同訓誡小女孩一般的微笑，熱度爬上雙頰，我的呼吸有些急促，小尉鄰居拍開他的手，我快速的把雙手藏到桌下，艾莉絲愉悅地笑了。

我盡可能緩下呼吸，反覆地思索，無論是身邊這個或是對面那個，難道我太過欲求不滿兩個都想要？

不行、我不是這樣的人，說不定是被艾莉絲帶壞，不可以，我不能變成那樣的人，我沒有同時處理兩個男人的腦袋。但這不是重點。

「聽說鄰居喜歡男人不喜歡女人？」游離的思緒瞬間被拉回，六雙眼睛全部定格在小尉鄰居身上，艾莉絲揉著鮮豔紅色的唇勾起幸災樂禍的笑，「小薰說的。」

我尷尬的扯開嘴角，想說些什麼但艾莉絲似乎不打算放過我，「她說大叔也是。」

我的笑僵在微妙的位置，兩個男人以火熱的眼神直直地盯著我，想說些什麼卻找不到適當的話語，還是只能傻笑。

「我哪裡的表現讓妳誤會了嗎？」陪大叔下樓的時候他突然開口，低著頭不敢望向他，沉默蔓延在一階又一階的陷落之中，最後一步踏上連結街的廊下，他忽然停下腳步，轉身面對著我。逆光之中，我彷彿只能看見他那雙深邃的眼。

「我、我最近知道是誤會了。」

「那就好。」他輕輕嘆了一口氣，最後卻扯開淡淡的微笑，「誰都無所謂，唯獨不希望妳誤會。」

夜裡的風總是來得突然，冰冷的空氣滲入肌膚，我拉攏了外套才發現他穿得有些單薄。

「越來越冷了，大叔早點回去吧。」

他伸出手幫我撥好被風吹得有些凌亂的瀏海，不自覺微微縮起肩膀，感受著他若有似無的碰觸，我有些不自在，並不是討厭而是不知所措。

明明就是比我年輕的男人。

他突然將我擁入懷裡，我動彈不得只能僵在原地，他的溫度緊緊包覆著我的身體，我幾乎就要融解將頭靠上他的肩，我拚命抵抗這樣的心思，直到他終於鬆開我。

「這樣會稍微暖一點。」

「大叔對每個女人都這樣嗎？」

「只對喜歡的女人這樣。」喜歡。我愣愣的望著他。「妳先上樓吧，感冒就不好了。」

「我以後，還是不要喊你大叔比較好吧。」咬著唇我的視線垂落於地，「喊習慣了就會忘記很多不能忘記的事情。」

「例如什麼？」他緩慢的語調輕輕撫過耳邊，「妳還是在意年紀嗎？」

「不管怎麼說你全身上下沒有一個地方像大叔，而且……」

「我不在意。」他說，堅定的，「小薰，我不在意這一些，我看見的妳就像個女孩，雖然不自量力但會想保護妳，妳和艾莉絲也沒特別在意長幼，為什麼要在我身上劃分得那麼清楚呢？」

我聽見他長長的呼吸，在嘆息的邊緣卻在到達之前消散在空氣之中。

「我先走了，妳早點休息吧。」

我沒有忘記三樓還有小尉鄰居。

想默默走回房間但期望卻在踏上三樓的瞬間破滅，他雙手交叉在胸前斜倚著門明顯就是在等著我，眼神中寫著某些我不想理解的訊息，我拖著步伐在有限的時間內思量著任何繞過他進入自己房間的可能，沒有，沒有一個能成功，因為他結實地靠在 305 的門上。

「這麼冷，小尉鄰居為什麼不回溫暖的 307 休息，要靠在冰冰冷冷的 305 門板上呢？」

「所以連帶這些冷我都算到妳頭上了。」

「做人心胸要開闊一點嘛。」可惡的艾莉絲連東西也不幫忙收就跑走，還留下難解決的殘局，「好睏喔，小尉鄰居也早點休息吧，隔壁，你的房間在隔壁。」

他還是擋在我面前。

「不過就是喜歡男人又不是犯罪，這是該理直氣壯的事啊，小薰姊姊我一定會捍衛你到底，所以你儘管相信我。」

「我對同性戀一點意見也沒有。」

「那……」

「但是我不愛男人。」他伸出食指戳著我的額頭，「還是妳想驗證看看？」

「不、不用了。」用兩隻手抵著他傾近的身體，鼻尖噴出的熱氣讓我的心跳漸漸加快，「你真的不是……」

「妳要進房間試試看嗎？」

「那、那誤會解開了，你快點回去休息吧。」

「妳看起來不是很相信呢。」

「沒有，我……」

還沒說完話我整個人就僵在原地，瞪大眼睛連眨眼都忘記，以極近的距離看著他的雙眼，一時間還無法理解究竟發生了什麼事，直到溫熱的觸覺從雙唇傳來，我才用力把他推開。

「你、你、你……」

摀著嘴唇我的意識一片空白，不、不是空白，而是被方才發生的事填滿，不可置信地看著他，溫度彷彿還殘留在我的唇上，不是咪咪，是一個男人，而且是小尉鄰居。

「我回去了。」

說完他就轉身走向307，就這樣，什麼也不用解釋？

「你就這樣回去了？」

「不然妳還想要繼續嗎？」

我把嘴唇摀得更緊，猛烈地搖晃著腦袋，「回去，快點回去。」

他居然開心的笑了。

鼓起很大勇氣我才走進藍屋。

這幾天被小尉鄰居打亂了生活步調，連工作也頻頻出錯，進出住處彷彿小偷一般偷偷摸摸，也不敢向艾莉絲透露隻字片語，雖然明白他可能是被誤會成同性戀太過生氣進而失控報復，但即使他的理由能夠被理解，也不代表我能徹底接受。

沒有討厭的感覺，但驚愕大於所有的感情。

「有一陣子沒見到小薰小姐了。」

和酒保打了招呼，下意識搜尋大叔的身影，請給我甜一點的檸檬汁，說完之後他揚起淺淺的微笑，能夠感受到並非職業笑容而是帶有溫暖。

「他最近天天都來，好像在等著誰一樣。」

大叔等的人會是誰呢？酒保把檸檬汁遞到我面前，今天換了折成可愛心形的吸管，看見這種吸管就會有把它扯壞的衝動，當然是被艾莉絲帶壞，裝模作樣的吸管，她每次都這麼說，所以我不自覺的把吸管拉直。

任何框上心形輪廓的事物都會讓我想起體內打結的愛情線。

喝了一口酸酸甜甜的檸檬汁，繼續努力把吸管扯得更加筆直，視線漫無目的地流轉，角落的長髮女人似乎有些眼熟，盯著她的側臉同時研究著她極度性感的坐姿，不自覺打了個冷顫，我想起來她是晴天女。

「酒保先生，」小心的招手讓他靠過來，「那邊那個女人是大叔的學妹嗎？」

「是啊，她也每天來呢。聽說是為了和秉澤培養感情。」

我又望了她一眼，她是如此明確而積極的追求自己的愛情，而我卻仍然猶疑擺盪，偶爾想著大叔又偶爾浮現小尉鄰居的身影，也許是太久沒有碰觸愛情，然而我忽然有種說不定自己潛意識逃避釐清，無論天平傾向哪個人，都會產生些微的落差與陷落。

我希望能和小尉鄰居一直相親相愛，也希望能盈握著和大叔的微溫小幸福，我盼望著維持現狀，卻明白這不過是奢望。

說到底是貪心也是懦弱。

「那……」突然有些在意她和大叔的進展，但想想自己並沒有探問的立場，「沒事。」

「放心吧。」

「放心什麼？」

「他……」酒保的聲音驟然中止，順著他的視線連結上的是大叔的身影，「來啦。」

「學長。」

和他的視線才剛對上，言語幾乎傾洩而出卻還來不及化作聲音，晴天女就帶著萬千風情翩然而至，左手輕輕挽著大叔的肘，我等你好久，親暱的動作曖昧的內容，我斂下眼有些悶窒難耐。

大叔等的人也許是她。

這次大叔坐在我旁邊，晴天女在另一端，或許我不該攪和進他們的愛情，然而不久之前他深深的目光儘管只是一瞬，卻讓我無法下定決心離開。

「我對 Sunny 沒有特別的感情，就只是學妹而已。」

「她說，是你的前女友。」

「抱歉沒先告訴妳，但不希望妳誤會。」

「我沒什麼好誤會的啊，而且大叔也沒有向我報告的必要，但是，儘管我的感情神經不太敏銳，還是知道她是認真想挽回你。」

「那都已經過去了。」

「可是大叔繼續維持著這樣不清不楚的態度，反而會讓她不可自拔，溫柔有時候是一種殘忍，而且我覺得大叔有點優柔寡斷。」

這些話並不在我的預期之內，帶著些許尖銳的話語包含著我私人的感情，其實這跟我沒關係，更何況比起大叔我才是更加優柔寡斷的一方。

「小薰——」

晴天女的高跟鞋聲截斷了他的字句，她瞄了我一眼，帶著濃烈的不友善卻不是敵意，我想起那天的她，並不討厭反而覺得乾脆。所以我不打算妨礙她。

「我回去了。」

跳下椅子大叔幾乎是反射動作地拉住我的手，訝異地望向他，空氣流動的速度突然急遽減緩，他鬆開手，身後的晴天女帶著憤怒別開眼。

「我送妳回去。」

「不用了。」我輕輕撫著彷彿還留有他力量的位置，「這樣只是讓每個人都不愉快而已。」

14

他往前走了一步，把一步的距離幾乎縮為零，想要往後退卻被他的手攔住，扶著我的腰，這樣的姿勢這樣的氣氛，那張紙上的輪廓隱約的閃現，凝望著他的雙眼，那之中有我的倒映。

胸口悶得難受。

鬱悶到連看到門都覺得礙眼的程度。

趴在床上盯著艾莉絲從她表姊婚禮帶回來的布偶，沒有嘴巴的貓兩顆橢圓形的眼睛直直盯著我瞧，不開心的哼了一聲，旁邊有另一隻沒有嘴巴的公貓陪了不起嗎？

應該要洗澡但我完全不想移動，滾了半圈讓自己仰躺，天花板上的日光燈顯得刺眼，我們需要光線並且追逐著光線，光線卻總是燦爛得讓人難以直視；我們盼望著，卻又時常不明白盼望的究竟是些什麼。

我不懂愛情，經過了不算短的歲月我依然不懂，又或許正因為時間的推移顯得更加模糊難明，無論是愛情的本身或是我體內的感情。

有一方的輪廓正緩慢加深，彷彿哪個人拿著原子筆訪反覆描著線，發呆的時候常會這麼做，不經意寫下自己最在意的單詞，一筆一畫來回地寫著，沉思越久字跡就越加深刻。

然而也會有劃破紙張的偶爾，太過猶豫又或者太過在意，動作拉得太長或者一不小心施力過當筆芯就會刺穿，卡在紙張裡的瞬間會突然回過神，卻更加不知所措。

也許再這麼下去那個人的輪廓就會被我劃破。

坐起身扯下已經散落的髮帶，只上了粉底卻還是得卸妝，無論多麼輕薄多麼透明，人終究戴著一層面具，偶爾服貼得連自己都察覺不出，像是回家後常常會忘了自己有沒有塗上防曬乳，在猶豫之中只好以防萬一抹上卸妝油，有些時候擦到一半突然想起自己臉上什麼也沒有，卻已經來不及，卸妝油早佈滿了臉龐。

就像是明明不想說的話卻為了保護自己甚至是傷害對方而被說出口，察覺的時候已經來不及了，儘管能用洗面乳沖掉，可是卸妝油的化學成分仍舊接觸到了皮膚。

艾莉絲說人生其實沒有太多分類，化妝和生活是差不多的事，年輕時會自詡肌膚狀態良好而無畏的展現素顏，所以我們總是拿出最真的自己和感情去面對世界；然而漸漸的，突然明白紫外線和空氣汙染會加速老化，也發現自己的臉頰在冬天開始出現乾裂，於是我們學會保養，學會出門時擦上防曬乳以及淺淺的粉底，我們開始學會圓融，學會忍耐與退讓。

又往前走了幾步，我學不來但艾莉絲卻極為純熟，仔細為自己畫上眼線黏上假睫毛並且撲上無懈可擊的粉底，徹底的武裝自己，然而這不是全部，偶爾她會替自己畫上裸妝，她說，這是策略，沒有一套方式能夠在各種場合都被接受，所以必須調整。

但是那些人，就看不見真正的艾莉絲了。

吁了口氣，才站起身就聽見門鈴的聲音，皺起眉納悶著誰會在夜裡來訪，手才碰觸到冰冷的門把突然想到也許是小尉鄰居，有些猶豫但還是拉開了門。

門外站著預料之外的人。

「有什麼事嗎？」

「雖然覺得應該自己把所有事都處理好再出現在妳的面前，我也不想找任何理由，但是無論如何都不希望妳誤會，也許妳認為沒有聽的必要，但對我而言，有非說不可的必要。」

最後我還是讓大叔進屋了。

用茶包簡單的沖了杯紅茶，放在他面前我選了離他最遠的位置坐下，說吧，看見他站在門外的那一剎那我的力氣彷彿被抽離，沒有辦法說多餘的話，所以我安靜的凝望著他。

「我跟 Sunny 不會有任何的可能，不管從前有過什麼，那都已經留在過去，即使有留下什麼，也跟愛情沒有任何關係。在所有話之前，我希望能讓妳明白這一點。

「她的性子很烈也特別容易執著，在大學時期交往過兩年，交往的時候各自朝著成為律師和檢察官的方向前進，但是在我通過國家考試的那天她突然說要放棄，我沒辦法理解也無法諒解，明明靠得那麼近卻在這時候後悔。」

他稍稍停頓，抬起眼注視著我，彷彿是再度整理好心情之後又緩慢訴說。

「雖然現在能夠明白，正因為近在咫尺才更害怕，會想著萬一自己做不到怎麼辦，因為沒辦法承受失敗的結果，倒不如在做之前先大聲宣布放棄，而且這不是一個人的夢想而是兩個人的約定，我已經達到了所以她的肩上必須扛上兩份重量，當然我也說過失敗之後再努力就好，但這不是那麼簡單的事，何況是從已經順利到達另一邊的我說出來的話，所以我們就分手了，之後的幾年都沒有連絡，直到前陣子她出現為止。」

紅茶的熱氣淡了些，他沒有拿起馬克杯我也沒有任何移動，儘管我感到在意，或許該說十分在意，但並不意謂他就必須詳實的說明；所以我不明白，不是說話的內容而是對於出現在我面前的他以及他正在揭露自己的動作感到不明白，同時有隱約的猜測，斂下眼，擔心自己混淆了猜測與期盼。

「一開始我就明確而果斷的告訴她，我身邊的位置雖然還是空位但已經被放上預定席的牌子，就算會被拒絕也不會因此就放進另一個人，感情是不能被替代的；然而這段話卻成為她不願意離開的理由，她說，只要還是空位就有入席的可能，不能替代就努力讓位置成為自己的，所以才會僵持不下。

「我不是想辯解，也不是因為妳說我優柔寡斷才特地向妳解釋，我所習慣的方式就是給出一個明確的結果，目前的結果就是我沒有打消她的念頭，所以我認為自己處理好一切才有往前走的資格。」他輕輕嘆了一口氣，「但是今天，看見妳轉身離開的樣子，就開始猜想，會不會從此之後妳不再出現。

「小薰，我——」

「喝茶吧，紅茶涼了就會變苦澀了。」

打斷他的話我起身走向廚房替自己倒了杯白開水，他的話已經堆積到明示的邊界，接下來要說的話，無論是什麼，都會衝破那道疆牆，所有的感情被攤開平放。

我感到害怕。

不是貪戀曖昧不明，只是在自己仍舊搖擺的當下，任何碰撞都可能傷害到彼此，我還需要一些時間。不只是為了自己，也為了對方。

深深呼吸讓自己稍微平靜接著轉身面向他，迎上他幽黑而深邃的瞳，我扯開淡淡的微笑，沒有給他一個肯定，卻也沒有拒他於門外。

「對不起，其實我也明白大叔一定很為難，感情的事我從來就處理不好，卻對大叔說出那種話，我……」咬著唇雙手緊緊握著玻璃杯，「其實我現在也和大叔差不多，也可能相反，大叔明確知道空位貼的名字，但是我身邊的位置，還不知道該保留給哪個人。」

我聽不見他的呼吸，卻能感覺到竄進我意識之中的起伏，他輕輕點了頭，露出非常溫柔的微笑。

「如果，有辦法預約的時候，能請妳通知我嗎？」

「嗯。」我說，「謝謝你。」

送大叔離開的時候恰好碰上回來的小尉鄰居，彷彿被誰按了定格一樣畫面停止在某個瞬間，儘管相當短暫，大叔禮貌性的點了頭，小尉鄰居也不情願的回應，他往前走了幾步，我聽見鑰匙相互碰撞的聲音。

「外面很冷，不用送我下去了。妳早點休息吧。」

「嗯，路上小心。」

站在樓梯轉角我目送他離開，回音一般的腳步聲逐漸減弱，最後分不清是空氣中的震動抑或意識中的震動，眼前剩下空無一物卻又延伸著的階梯。

「就算妳望破牆壁他也已經消失了。」

「你為什麼還不進去？」
「妳為什麼要站在那邊？」
「你管我。」
「那妳也不要管我。」
站在走廊上和他大眼瞪小眼，腦中又閃現那天他突來的吻，明明就是年紀相近的兩個男人，卻天差地遠，一個把我當小女生，另一個被我當作小男生。真是。
「他這麼晚來找妳做什麼？」
「你已經不是同性戀了那麼在意大叔做什麼？」
「我、從、來、就、不、是。」我有一種他隨時會衝過來攻擊我的感覺，所以我異常仔細的注視著他的動作，他調整著呼吸，稍微緩和之後接著說：「我不喜歡半夜有男人出入妳家。」
原來是擔心我。
小尉鄰居還真是喜歡用相反態度來表現自己感情的類型，覺得有些開心就徹底鬆懈，慢慢走向他但在一步之外的距離停了下來，我以為自己能坦然的伸手拍拍他的手臂，卻發現沒那麼簡單。

「不用擔心啦，大叔是好人……」

他往前走了一步，把一步的距離幾乎縮為零，想要後退卻被他的手攔住，扶著我的腰，這樣的姿勢這樣的氣氛，那張紙上的輪廓隱約閃現，凝望著他的雙眼，那之中有我的倒映。

「你、你要做什麼？」

「不管人有多好，男人終究是男人。」

「我知道你是為我好，也完全明白你想表達的意思。」我僵硬地扯著嘴角，「這樣的姿勢不是很符合人體工學，我看還是先恢復到正常站姿比較好。」

「妳以為每件事說恢復就能恢復嗎？」

「我、我怕你手痠……」他終於放開手，我往後退了幾步小心翼翼的望著他，「你，怎麼了嗎？」

「不用妳管。」

「可是……」

「梁苡薰，這是妳最後的機會，不要插手也不要靠近，不然我就……」

他的話突然中止，毫無預告就打開門走進房間，我看著 307 的門，完全無法理解。

我怎麼想還是覺得小尉鄰居行為異常。

雖然時鐘顯示著現在是凌晨零點零七分，但星期五的晚上他沒那麼早睡，我又放心不下所以睡不著，更何況，負面的情緒會在夜深的時候自行繁衍，我不能放任他獨自面對。

所以我連睡衣也沒換只加上外套就跑到 307 門外，按下門鈴。

「妳想做什麼？」

「好冷。我快冷死了。」鑽進他的房間彷彿另一個世界，同時意識到這間房間裡只有我和他兩個人就感到微微的緊張，所以我跑向沙發盡可能不對上他的視線，「因為我睡不著啊。」

他不理我。

「小尉鄰居不關心一下小薰姊姊為什麼會睡不著嗎？」看著他冷淡的側臉，我決定自己說，「因為擔心你啊，最近小尉鄰居有點奇怪，覺得不太像一開始認識的你，眉宇間偶爾會露出淡淡的愁緒，小薰姊姊擔心再這樣下去，你會被黑暗吞沒，所以特地來給你溫暖，有沒有很感動？」

「妳一個人在演什麼小劇場？」

「可是我是真的擔心你啊。」他側過頭望向我，「你什麼都不說也沒關係，但是我說過，會陪在你身邊，不管是要我說很多話，還是要安靜，雖然要安靜有點難但我還是會努力，總之小尉鄰居不是一個人，需要的時候還有我。」

「妳真的是笨到讓人覺得莫名其妙。」

「你怎麼可以說小薰姊姊笨呢？我啊，小時候拿過很多第二名吶，雖然不是第一名但也贏過很多人，所以……」

抬起頭才發現他已經站在自己面前，用著非常複雜的眼神凝望著我，我的手不自覺抓緊抱枕，他蹲下身子讓自己靠得我好近，伸出手安靜撥著我的瀏海。這不是我熟悉的他。

發不出聲音只能望著他，突然他俯下身雙唇貼上我的，我瞪大雙眼全身僵直，和上次帶著戲謔甚至挑釁的吻不同，那之中含著感情，濃重的感情。

在我回過神的時候發現自己已經推開了他。

他的眼神非常的哀傷，而那哀傷之中包含著我的倒映。

「只要靠近就會想要更多，不只是擁抱，不只是親吻而已。」他的手微微施力，「但這是妳要的嗎？」

「我……」

「妳就這樣自顧自的闖進我的生活，說也說不聽的靠上來，像妳這樣總是搞不清狀況又愛管閒事的女人，覺得很煩，想要討厭卻沒辦法討厭，甚至開始想著妳什麼時候會來按門鈴，因為妳總是說房間冷所以我就整天開著暖氣，不斷想著妳現在在隔壁做些什麼，妳提起我連聽都沒聽過的邵謙，也不知道為什麼就找了他的書來讀，因為不懂，不懂妳到底是什麼樣的女人，所以好奇，但是慢慢了解之後發現自己可能會陷下去，所以要妳退後，但妳就是聽不懂，一直說著會陪在我身邊的話，梁苡薰，妳真的能陪在我身邊嗎？」

——妳真的，能陪在我身邊嗎？

「我喜歡小尉鄰居，可是我不知道是不是你想要的那種喜歡……」

因為太過不知所措所以突然哭了出來，我不知道該怎麼回答他，害怕任何回答都會失去他，我從來就不擅長決定一個人究竟該被放進友情還是愛情。

我彷彿聽見他隱約的嘆息。
伸出手將我擁入懷裡，滿滿都是他的氣味。以及無比溫柔輕緩的嗓音。
「妳真是，比我想像的還要麻煩。」

15

我的遲疑不是因為考慮想前往的那個人，而是擔心被拋下的那一個。

我是個罪惡的女人。

所以就算艾莉絲正捏著我的臉頰我也沒有任何反抗。

「邵謙會教妳丟銅板決定就好。」

「我聽得出來這是諷刺。」

「所以妳就決定窩在我家當一隻小烏龜嗎？」

「小烏龜很可愛。」

「隨便妳好了，反正妳『只有』三十二歲，離四十還有一段距離，雖然不久之前妳也才二十歲，但是不用在意，慢慢的耗光青春耗光愛情吧。」

「我也聽得出來這是諷刺。」

艾莉絲比我還要激動，揉了揉被她捏過的右臉頰，其實我隱約能看見心底浮現的輪廓，不、或許在那一瞬間就已經清楚明白。

無論我對感情有多麼不敏銳，仍舊會有一瞬間清楚感受到愛情的溫度，猛烈的，和任何的心跳加劇或者害羞不同，那是一種絕對，一種訊息，讓自己能夠確認這個人是以及，不是。

我的遲疑不是因為考慮想前往的那個人，而是擔心被拋下的那一個。

試圖從友情跨進愛情的人們，順利進入的人當然能夠愉快的手牽手，然而被阻擋在外的人，也許會因為太過貼近愛情而逐漸後退，退到友情的邊緣，只差那麼一點就會踏出友情。

儘管我們不得不失去某些部分，卻不想失去所有的對方。

這不是下定決心就能輕易克服，我也曾經喜歡過一個好朋友，儘管只是暗戀，然而當他向我介紹那個女孩的時候，我心底有些什麼開始剝落，雖然能逼迫自己微笑，卻無法逼迫自己不疼，無論多麼想維持現狀，卻不自覺一步一步往後退，因為看見就會難過，所以就默默移開雙眼，因為聽見就會感到哀傷，所以就摀住耳朵，等到不痛的那一天，兩個人已經離得好遠。

然而我也明白，拖延是更大的傷害。

「妳就是太顧慮其他人的感情，要學會自私一點，如果今天我跟妳喜歡上同一個男人，我也不會退讓，因為退讓而得到感情的那一個人也不可能幸福，所以很多時候我們的顧慮並不會讓現實變得更好，只不過是用自我安慰的方式把傷口遮起來，卻放任內部潰爛，與其這樣倒不如一開始就明快的全部攤開，痛一次就各自療傷，至少能坦然治療不必假裝沒事而不敢求救。」

「我知道。」

「所以？」

「我現在就去。」

「那走吧。」

「妳不要跟來。」

「為什麼？」

「妳在的話說不定他就不敢生氣也不敢難過了。」我斂下眼，「妳就待著吧。」

「小薰。」

「嗯？」

「我知道妳的心情也不是很好，要接受另一個人的前提是拒絕另外一個人，而且還是妳喜歡的朋友，但是我相信妳，就像當初妳陪著我一樣，妳一定會讓那個人知道他不會失去妳。」

「用著這麼溫柔的方式說話一點都不像妳。」

我輕輕擁抱艾莉絲，謝謝，在她耳邊小聲地說。

□

向酒保要了一杯不加糖的檸檬汁，他確認了兩次我還是堅持，不是依靠酒精讓自己稍微抽離，而是要藉由確實的酸讓自己更加清醒。

他走近我的身邊，在旁邊的空位坐下，我換了位置，離平常那裡最遠的另一端。

「不好意思，特地讓你出來一趟。」

他輕輕哼了聲，馬丁尼，但我出聲阻止，請酒保調款淡一些的酒，伸手輕輕拉住他的手，不僅我明白，我猜想他在更早之前就已經看穿。

沒有掙脫任憑我握著，微微的溫度從掌心滲透進我的肌膚，望著他的側臉，我希望我和他之間能回到更之前的一點，但我們已經走到這裡，時間是不可逆的推移，所以為了不困在原地，只能奮力的跨越。

然後才能有新的開始。

「謝謝你來。」

「想說什麼嗎？」

「嗯，有很多話想說。」

Righteous Brothers 的〈You've Lost That Lovin' Feelin'〉瀰漫著整間酒吧，酒保很喜歡 Righteous Brothers，大叔曾經仔細的向我介紹這首歌。

「我就是在這裡第一次遇見大叔的。」他靜靜聽著我說話，放在桌上的手透露著些許緊繃，我疊放在他手背上的手輕而確實的施力，「這是一間讓人能夠非常放鬆的酒吧，可能，連自己也不自覺的被透露了，所以那些感情也就安靜的黏附上最真實的自己。所以選在這裡，因為燈光昏暗的關係不需要過於忍耐，因為播放著背景音樂不需要特別努力的說話。但是我不在這裡喝酒，和大叔做過這樣的交換，曾經試圖違反但還是乖乖遵守了，我想以後也會好好的遵守，因為那不只是交換，而是一種約定。」

我說，緩慢的，清晰的，一個字一個字地說。

「我始終覺得愛上一個人並不是註定，而是一種碰巧，儘管有人會說那樣的碰巧也是一種註定，但是對我而言，就只是在適當的地點適當的時間恰巧碰上適當的那個人……大概是我心底還是渴望被當作女孩照顧，所以對於以不經意的態度輕輕摸著我的頭的那個人，也就不小心陷下去了，我不是想解釋，也沒有解釋的必要，但是我希望讓你知道，我和你，只是沒有那份碰巧而已。」

酒杯裡的冰塊緩慢的融解，他坐在我的身旁安靜的聽著。

「我給過你的約定，我會努力遵守。也許偶爾會有點不情願，像是我因為不開心故意請酒保給我酒，但那是為了提醒自己那個約定的存在，是因為明白自己會遵守所以才刻意做出相反的動作，以後我們一定也會吵架，那時候我可能也會生氣而故意違反約定，但是，等氣消了我就會回到你身邊。」

我說過，你需要的時候我就會陪在你身邊。

我們並肩走著，他沒有說話卻刻意調整步伐，我曾經抱著咖啡跟麵包和他這樣走著，或許他應該生氣，打從一開始就是我自顧自的黏上他，但是他沒有憤怒，又或許有，只是獨自吞嚥消化，他總是用著自己的方式表現著感情。

或許不是我陪著他，而是他陪著我。

「其實我明白自己讓你很為難，雖然我口口聲聲說要陪著你，但現在的我根本無法確定自己待在你身邊會不會反而讓你感到負擔，因為自己的自私，不想失去自己很喜歡的朋友，卻刻意忽略你的難受。」

我停下腳步，站在大樓的階梯外，轉身面對著他，在路燈的照耀之下他的輪廓格外鮮明，眉宇間隱微的痛苦彷彿細碎的針扎進我的胸口。

我不能這麼自私。

不想失去他卻不等同於他願意留下。

「對不起。從認識你到現在我一直恣意闖入你的生活，甚至逼著你接受我的決定，本來也想這麼做，覺得只要努力就能慢慢讓一切回歸原位，但我畢竟不是你，承受痛苦感情的也不是我，我沒有資格，也不應該，所以，如果你希望我離開你的生活，我、我會照做。」

「連半天都不到，就想反悔了嗎？」

「我沒有想要反悔。」我搖著頭，「我只是不知道，自己待在你身邊會不會是另一種傷害。」

「妳以為妳那麼重要能傷害得了我嗎？」

「我……」

「妳就只是一個從麻煩鄰居變成麻煩朋友的女人而已，不要自以為是，也不要沉浸在妳自己想像的世界裡，我不會為了妳陷入哀傷，我只會覺得妳麻煩而已，所以妳就好好的過自己的生活，不要闖禍，闖了太多禍之後萬一被拋棄也不要來我這裡又哭又鬧。」

仔細的凝望著他，薄霧逐漸瀰漫在他的雙眼，他逼著自己說話，逼著自己說出讓我安心的話，我的眼前開始模糊，他清澈的淚水無聲滴落，然而卻在我意識中清晰地響著。

滴落的不是淚水，而是他無法被完成的愛情。

「我會努力不要闖禍，但是、但是還是會去按307的門鈴，你不開門的話，我就會一直按、一直按……」

他突然將我拉進懷中緊緊擁抱我，貼靠在他的胸前我聽見他的心跳與他的呼吸，整個身體被他的氣味纏繞，垂放在兩側的雙手沒有任何施力，我只能一動也不動的站在原地。

「什麼都不要記得。」他的聲音顯得低啞，卻震動著我的身體，「任何的什麼都不要記住，過了今天之後，就把我的愛情全部拋棄，一點痕跡都不要留下來，這樣我才能告訴自己，我沒有愛過妳。」

溫熱的液體從我的眼角滑落，有一種非常哀傷的感覺傳遞到我的體內，抬起手我緊緊回抱他。

「妳不是很擅長嗎?裝傻當作什麼禍都沒闖，自顧自的說話或是賴在我家，妳就繼續這樣什麼都不要改變，這是妳欠我的，所以不管多難妳都必須做到。」

「我知道。」

「等到我真的相信自己從來沒有愛過妳之後，妳才能離開。」

「我不會離開。」我閉上雙眼，「我給過你承諾，說會陪在你身邊，無論多麼困難我還是會努力做到，因為小尉鄰居是我很喜歡、很喜歡的朋友，而且，我是你的小薰姊姊啊，這一點絕對不會改變。」

所以，有一天我們會回到原點，接著以不同的方式靠得更近。

16

我想我和他還有一段漫長的路必須前進，但是沒有關係，也沒有在意的必要，這一瞬間的曖昧是愛情中最朦朧也最美麗的畫面，沉浸久一點也好，就這樣每一天每一天都更喜歡這個人一點。

這條路我已經來回走了八次，這次是第九次，深呼吸，出門時貼心的小尉鄰居還用很兇狠的口氣對我說「妳這次敢半途折返我就把妳房間裡的小說全部送給管理員」，因為那天他把邵謙的書隨手送給管理員大叔，結果他特地跑來問小尉鄰居還有沒有其他本可以送他。

前天好不容易下定決心，鼓起勇氣往藍屋走去，才剛看見招牌就默默折了回來，前後來回三次，昨天也是三次，這也是今天的第三次，差一點我就要說服自己我只是在做晚間散步，直到小尉鄰居忍不下去。

所以我站在藍屋門口。發呆。

人的感情真的是非常微妙的存在，明明沒有太大的改變，甚至還明確的知道等著自己的會是令人愉快的結果，只要跨那麼一小步就好，但跨不過去就是跨不過去。

算了。

明天再努力吧。

走了兩步又想起可怕的小尉鄰居，雖然才過了幾天，但兩個人都很努力維持著起初的相處模式，儘管彼此都明白這是一種假裝，然而這同時也是種療癒的過程，讓對方清楚感受到自己想珍惜對方的決心。

小尉鄰居其實比誰都還要辛苦，他已經退讓了那麼多步，我想著，我不過只是要往前跨一小步而已。

又下定了一次決心，深呼吸，終於我踏進藍屋。

小心翼翼往前走，看見坐在吧檯的他的背影，下一秒鐘旋即發現隔壁的隔壁是晴天女，但兩個人之間隔著一個空位顯得有些微妙，他和她安靜的坐著，酒保的表情顯得有些不知所措。

「小薰小姐。」

酒保以我從未聽過的雀躍喊出我的名字，在大叔和晴天女同時轉向我的瞬間我徹底明白，在酒保的眼中我就是來拯救他脫離尷尬的畫面，彷彿選手交換一樣，在場邊響亮的擊掌接著用力把我推進場中央。

球來的剎那我才想起自己忘記熱身。

我揮了揮手，臉上是有些尷尬的笑容，大叔笑得很真誠，晴天女則火熱地瞪了我一眼，立刻轉回身子不願和我有更多的交集。

「我來得，不是時候嗎？」

「我告訴 Sunny 了。」

「什麼？」

還沒點酒保就推了一杯不知道混進什麼的綜合果汁，招待，他的眼神是這麼說的。

「先前只告訴她我心裡有人了，但剛剛讓她知道是——」

「你不要說。」瞬間打斷他，「我什麼都不知道，我現在不想知道，特別是她在旁邊的時候我不想知道。你不要害我。」

酒保臉上掛著興味盎然的笑，瞪了他一眼，也不想想是誰讓他下場。

即使隔著一段距離但我想晴天女沒有遺漏我和大叔的對話，她抓起手拿包離開座位筆直的朝我走來，身體四周瀰漫著肅殺的氣氛，大叔想擋在我的面前卻被她喝止。

「女人說話男人離遠一點。」好可怕。

「Sunny……」

「大叔，沒關係，我有保險。」晴天女又瞪了我一眼，「你先換一下位子吧。」

大叔猶豫了幾秒鐘，雖然臉上還掛著不放心，但似乎也不覺得晴天女會真的做出什麼事，於是默默的往左邊兩格移動，她狠狠瞪了酒保一眼，酒保意會的也往另一邊移動。

「找我，有什麼事嗎？」

「像妳這種小女生懂得什麼叫做愛情嗎？」

「我不懂。」我認真的說，「以前很努力想懂，但現在覺得不需要特別去弄明白，只要好好學著怎麼珍惜，怎麼尋找最適合兩個人的相愛方式。」

晴天女伸手拿了我的果汁一口氣喝光，我才喝一口的說，想抗議卻又屈服她的淫威，但是這一瞬間我看清楚了，在她孩子氣的動作之中，晴天女正用著她的方式和愛情道別。

「妳有比我愛學長嗎？」

「我不知道。」

「妳身材有比我好嗎？」

「沒有。」這連問都不需要問。

「妳有比我漂亮嗎？」

「應該、是沒有吧。」

「妳不過就只是比我年輕而已。」

「其實也沒有，」總覺得這時候應該說實話，「我比妳大一點，一點點而已，真的只有一點點。」

「所以妳也沒有比我年輕？」她的眼淚在眼眶中打轉，她並不是真的想比較，只是不甘心，又不想讓自己愛的人感到為難，「所以根本不是我的問題，是宋秉澤沒有眼光，放著我那麼好的女人不要選了一個什麼都比我差的女人，所以我不要他了、我不要他了……」

我受不了了。

跳下椅子伸手擁抱住她，晴天女愣了一下卻沒有掙扎，反而緊緊地抓住我。

「妳抱住我做什麼，妳以為這樣我就會放過妳嗎？」

她開始哭泣，不顧一切的哭泣，儘管知道我和她大概已經成為藍屋的焦點，但我沒有放手也沒有移動，輕輕拍著她的背，透過她的肩膀我看見大叔臉上有隱約的歉疚與感謝。

「妳是個很棒也很勇敢的女孩子，我不是想安慰妳，是認真這麼覺得，大叔錯過妳是他的損失，但是我知道，你們過去的愛情仍然會深深的留在彼此心中，他提起妳的時候是帶著懷念的表情喔，那時候我很嫉妒，因為你們曾經擁有過一份美好的愛情。」

「妳閉嘴。」她將我抱得更緊了一些，更用力地哭著，「我討厭妳。」

我討厭妳。她一直反覆地說著。我輕輕拍著她的背，聽著她的哭泣，感受著她身上愛情的溫度。

和大叔一起把晴天女送回家，她的妝花了卻一點也不在意，都失戀了還在意什麼，態度不佳的瞪著我，但她走進屋子前很不情願說了一句話，讓我感到有些開心。

「下次再還妳一杯飲料啦。」背對著我，低聲嘟囔著，「點那什麼東西，難喝死了。」

「早點休息吧。」

「學長你這個沒眼光的男人，以後你回頭來求我，我也不會理你。」

「知道了，早點睡。」

「哼。」

晴天女關上門我笑了出來，「突然覺得她跟小尉鄰居好像。」

「抱歉，也謝謝妳。」

「那下次大叔也請我一杯飲料吧。」

「小薰。」

「大叔送我回去吧，這裡的路我不熟。」

兩個人安靜的走在街上，雖然是搭著計程車過來卻沒有走向公車站牌或攔下計程車的意思，街顯得有些冷清，稀疏的行人，我和他隔著幾乎能擦過對方手臂卻始終沒有的距離。

稱之為曖昧。

隔了一段長長的安靜，有些冷但其實不那麼冷，拉緊了領口只是微小的動作他卻看得仔細，不發一語的脫下外套披在我的身上。

「謝謝。」

我突然顯得有些侷促。被屬於他的氣味緊緊包覆，暫時忘卻的緊張又再度被提醒，掌心微微發熱，突然不敢抬頭望向他。

「突然不知道該說什麼呢。」

他的聲音也帶著隱約的困窘，彷彿傳染一般蔓延在四周，我低下頭連雙頰也染上熱度。

沁涼的夜，卻瀰漫著熱。

我突然笑了出來，依然低著頭沒有張望的勇氣，「簡直像高中生一樣。」

「我高中的時候好像比現在勇敢一點。」

他也輕輕地笑了。

空氣舒緩了一些卻又更加緊張了一點，我想我和他還有一段漫長的路必須前進，但是沒有關係，也沒有在意的必要，這一瞬間的曖昧是愛情中最朦朧也最美麗的畫面，沉浸久一點也好，就這樣每一天每一天都更喜歡這個人一點。

大叔突然拉住我的手，微微顫了一下卻假裝若無其事，他輕輕的施力，溫度緩慢的傳遞到我的身上，在我的體內與意識中蔓延。

「我有一個很喜歡的女人，每一次想起她的時候，就會發現自己比上一次想起她的時候更加喜歡她。但是我總是很頻繁的想起她，這樣下去，很快的、很快就會不可自拔了。」他停下腳步站在我的面前，我抬起頭迎向他的目光，「妳說我該怎麼辦才好呢？」

「如果回答你的話，你就得請我兩杯飲料了。」

「只要不含酒精都沒有問題。」

「那個女人啊，大概會覺得害羞，可能還會有一點害怕，因為很久沒有碰觸愛情所以會有些不知所措，也因為她自己也和你一樣每天都更喜歡你一點，不知道會不會有盡頭，如果沒有盡頭的話又會陷得多深，她不知道，也沒辦法預料，所以會感到害怕，但是即使害怕，也會因為有你而勇敢的往前走。」

「那如果我請妳第三杯飲料，妳可以再回答我一個問題嗎？」

「嗯？」

「我可以吻那個女人嗎？」

「這不是一杯飲料可以解決的問題。」他看著我，我低下頭盯著他的鞋，「再說這種問題怎麼能這樣問……」

他彎下身以非常輕緩而溫柔的方式在我唇上落下一個吻，我以為自己已經不能夠更加緊張了，卻在他將我擁進懷裡的那一刻心揪得更緊。

「我也不知道盡頭會在哪裡，但是我希望那裡不會有盡頭，這樣，只要每往前走一步就會比上一步更愛那個女人。」他說，「如果那女人感到害怕的話我會牽著她的手，停下腳步等著也沒有關係，但是我不會放手，絕對不會。」

那些日常

小尉鄰居雙手交叉在胸前一臉不悅地瞪著大叔，我才剛鎖上門，不知道是聽見聲音還是他的感應特別強烈，小尉鄰居立刻打開門出現在我和大叔面前。

大叔試圖露出友善的微笑，小尉鄰居冷冷哼了一聲，我知道，他又要實行小家子氣的報復了。

「我肚子餓了。」

「樓下有便利商店，不然你的櫃子裡還有沖泡包跟泡麵。」

我很清楚，因為每次他說肚子餓我就陪他到超商買點心，一回到家他又立刻說不餓，而且時間拿捏得非常精準，恰好都是我要前往藍屋或是赴大叔約之前。

讓男人等個一兩個小時無所謂。他總是冷冷的這麼說，所以我找到的因應之道就是刻意比約定的時間早出門一個小時，小尉鄰居不會知道，但似乎有嗅到不對勁。

今天大叔來家裡接我，只是想到附近一間風評不錯的餐廳吃午餐，我以為大叔本人出現會讓小尉鄰居收斂一些，畢竟他想整的對象是我，但是我太天真了，而且比我自己所以為的還要天真，他不只針對我，而是把我和大叔視為同一類。

「我不要吃那種沒營養的東西。」他挑起眉，「準備和男人出去約會，就要拋下我一個人孤孤單單的吃著泡麵，這種朋友還真是貼心。」

「潘小尉。」

「怎麼，還記得我姓潘啊。」

大叔突然笑了出來，被小尉鄰居瞪了一眼之後相當努力的忍住笑，其實小尉鄰居只是想發洩壓抑在心底的感情而已，所以適當地，以惡作劇的方式，一點一點釋放自己的感情。

他不會挑戰哪個人的極限，覺得夠了就在瞬間結束無理的要求，有時候會覺得心疼但更多時候會不自覺的感到好笑，他一直很努力呢，為了不讓自己因為痛而往後退，所以尋找出這種有些惡趣味的平衡。

「哼。」我皺起鼻子瞇起眼和他大眼瞪小眼。

「那我們三個人一起吃飯吧。」大叔提議。

「誰要跟你們兩個一起吃飯啊，特別是你，看見你的臉就沒有胃口。」

「大叔的提議真好。」我勾起小尉鄰居的手，「一起吃飯嘛，我們是好朋友啊，你是不是也該好好認識我喜歡的男人啊。」

「我不要。」

「這就是你所謂的朋友嗎？」

吸了吸鼻子，誇張的做出哭泣的動作，他把黏在他身上的我推開，冷冷哼了一聲，「把這個麻煩的女人拖走。」

「可是人家想和小尉鄰居一起吃飯……」

「宋秉澤，你再不把她帶走我不敢保證我會做出什麼事來。」

大叔牽起我的手，我還裝腔作勢的拉住小尉鄰居不放，他厭惡的甩著手，最後轉身走進房間。

但大叔沒有鬆開手。

「他是很貼心的人呢。」

「嗯。」抬起眼深深望了他一眼，「所以我覺得自己幸運得太過分了一點。」

「小薰。」
「嗯？」
「我希望有一天，妳感到的不只是幸運。」他說，伸出手輕輕觸碰著我的臉頰，「而是幸福。」

The End

後記

寫完阿杰和寶寶的故事之後事實上我的體內彷彿被掏空一般暫時什麼都填不進也拿不出，這段時間內我寫了很多篇故事，也放棄了很多篇故事，接著，有一天，小尉鄰居的影子隱約的竄進，於是有了一個開始。

這篇故事其實是潘丞尉和梁苡薰的故事。在我們的生命之中總有一個特別深刻也離自己愛情特別近但卻不是自己的愛情的人，對潘丞尉而言梁苡薰正是這樣的人；然而站在梁苡薰的立場，我更想傳遞的是，無論對方是多麼特別多麼鮮明或者多麼溫暖的一個人，所謂的愛情並沒有那麼簡單，有些時候我們貪婪的需要很多，但有些時候微薄的一點什麼就已經足夠，我們的需要，其實就只是體內某一個點的空白，一旦有哪個人適當的填上，就可能成為我們的愛情。

潘丞尉給了很多，卻都只是擦過那讓人最心疼的邊緣。

我想，我們的生命中都曾經有過這樣的一個人，也或許，我們都曾經成為過那樣的一個人；所以我想說些什麼，卻也已經什麼都說了。

Sophia

All about Love ／ *18*

透明的愛情，透明的你

國家圖書館出版品預行編目資料
透明的愛情，透明的你 ／ Sophia 著.
— 初版. — 臺北市 ： 春天出版國際, 2013.07
面； 公分. —（All about Love ；18）
ISBN 978-986-6000-70-6（平裝）
857.7

ISBN 978-986-6000-70-6
Printed in Taiwan

作　者　Sophia
封面設計　克里斯
內頁編排　三石設計
總編輯　莊宜勳
企劃主編　鍾靈
責任編輯　黃郁潔

出版者　春天出版國際文化有限公司
地　址　台北市信義區信義路四段458號3樓
電　話　02-7718-0898
傳　真　02-7718-2388
E－mail　frank.spring@msa.hinet.net
網　址　http://www.bookspring.com.tw
部落格　http://blog.pixnet.net/bookspring
郵政帳號　19705538
戶　名　春天出版國際文化有限公司
法律顧問　蕭顯忠律師事務所
出版日期　二〇一三年七月初版
定　價　180元

總經銷　楨德圖書事業有限公司
地　址　新北市新店區復興路45號3樓
電　話　02-2219-2839
傳　真　02-8667-2510

18

All about Love

18

All about Love